일본인 피지컬 코치가 한국축구에 준 변화

이케다 효과

일본인 피지컬 코치가 한국축구에 준 변화

이케다 효과

모토카와 에쓰코 지음

김연한 옮김

GRI.JOA FC

•차례•

런던 올림픽 한일전에서
가슴에 오간 것

▎ 등번호 2를 단 오재석(당시 강원FC)이 스로인한 순간, 카디프의
밀레니엄 스타디움에 종료 휘슬 소리가 울려 퍼졌다. 박주영(당시
아스널)과 구자철(당시 아우크스부르크)이 넣은 두 골로 한국이 런던
올림픽 동메달을 따는 순간이었다.

팀을 지휘한 홍명보 감독이 경기장 위에서 선수들과 한국인 스
태프와 함께 기뻐하는 와중에 일본 올림픽 대표팀의 수비수 스즈
키 다이스케(당시 알비렉스니가타)가 잔디에 주저앉아 발을 내려다
봤다. 오쓰 유키(당시 보르시아MG)와 사이토 마나부(요코하마F마리노
스)도 멍하니 움직이지 않았다.

승자와 패자의 명암은 너무나도 선명했다. 이 순간을 눈앞에 두

고 일본인 최초의 한국 대표팀의 피지컬 코치 이케다 세이고는 태어나서 한 번도 맛보지 못한 복잡한 기분이 엄습해서 당황했다.

"경기가 끝난 직후, 기뻐하는 홍명보 감독과 선수들을 보고 저도 이겼다는 성취감이 있었습니다. 하지만 어릴 때부터 알고 있던 마나부가 맥없이 고개를 떨군 모습을 보니 완전히 다른, 복잡한 감정이 생기더군요. 저 자신도 어떻게 처리해야 할지 몰라서……"

이케다는 그 자리에 서 있지 못하고 바로 라커룸으로 향했다. 그 심정을 안 홍명보도 선수들에게 헹가래를 받은 다음, 이케다 코치를 쫓아왔다. 하지만 이케다는 두세 마디를 주고받은 것 이외에 아무것도 기억하지 못한다고 했다.

그들이 상상하지 못한 일이 경기장 위에서 일어난 것은 그때였다.

"독도는 우리 땅"

한국 축구 사상 최초 올림픽 동메달에 공헌하고 수비형 미드필더로서 헌신적인 활약을 보여준 박종우(당시 부산아이파크)가 든, 태극기가 그려진 종이 팻말이었다.

'그가 응원단으로부터 이 종이를 받는 모습'은 카메라맨에게 찍혀서 전 세계에 알려지게 되었다. 이 행동은 '어떠한 정치적, 종교

적, 인권적인 선전 활동도 허용하지 않는다'는 올림픽 헌장에 위배되었다. 그는 너무 기쁜 나머지 넋을 잃고 이 규칙을 깨고 만 것이다.

이 사건의 경위를 아는 오재석은 당시 상황을 다음과 같이 설명했다.

"처음에는 응원하시던 분이 저에게 종이 팻말을 가져가라고 말했어요. 하지만 전 올림픽 기간에 정치적인 행동을 하면 안 된다는 것을 알았기 때문에 바로 거절했죠. 그리고 잠깐 걷다가 뒤돌아보니 박종우가 그걸 들고 있더군요. 바로 달려가서 내리라고는 했는데……

박종우는 올림픽 헌장에 관해 확실하게 교육을 못 받았는지, 애국심으로 그렇게 했을 거예요. 다만 그 행동이 문제가 될 걸로 순간 생각했어요. 만약 제가 옆에 있었으면 그만두게 했을 거예요."

모든 일은 이케다 코치와 홍명보 감독이 전혀 알지 못하는 곳에서 일어났다.

"이미 라커룸에 와 있던 저는 박종우의 행동을 못 봤어요. 이 일이 일어난 것을 나중에 알고 상황을 파악하기 위해 본인에게 이야기를 들었어요. 누가 그 종이 팻말을 줬는지, 어떻게 들게 되었는지를 물었죠. 박종우는 '너무 흥분해서 기억나지 않아요. 누가 준 걸 받은 것뿐이에요'라고 말하더군요. 저는 '스포츠 대회에서 정치적인 행동은 허용되지 않으니까 앞으로는 하지 말라'고 주의를 시켰어요. 어쨌든 제 팀 내에서 그런 일이 일어난 것은 코칭스태프, 특히 감독인 제 책임이라고 생각합니다."

한국 올림픽 대표팀의 수장 홍명보는 자책했다.

이케다도 제자가 일으킨 사건에 관해 이렇게 말했다.

"박종우의 행동 자체는 현명하지 못했어요. 올림픽에서 정치적인 메시지를 보내는 것은 허용되지 않으니까요. 다만, 저는 박종우와 1년 반 동안 함께 지내서 올림픽에 대한 그의 열의를 잘 압니다. 승리 이외에는 아무것도 생각하지 않는다는 것도 알아요. 그런 그가 사전에 메시지를 준비했다고는 절대 생각할 수 없습니다."

일본인인 이케다 코치의 이 발언은 한국 선수를 옹호한다고 간주할 수 있어 큰 위험부담이 있었다. 실제로 한일 양국에 반향이 커서 가차 없이 일본 쪽에서 비난을 받았다. 그러나 그런 부당한 일로 흔들어대도 신념은 절대로 굽히지 않았다. 그것이 이케다 세이고라는 남자가 사는 법이다.

피지컬 코치는 선수들의 컨디션에 관한 모든 것을 책임진다.
나는 축구의 전술, 기술적인 것을 고려해 컨디션 조절을 한다.

제1장

한국편

너희와는 3년 동안 함께 지냈다.
내가 여기 온 이상,
정말 메달을 목에 걸어주고 싶다.

운명의 장난 한일전,
모국을 상대하다

'Too much talking!
Too much smile!'

2012년 8월 10일, 웨일즈의 수도 카디프에서 동메달을 놓고 열린 런던 올림픽 축구 3위 결정전은 특별한 일전이었다. 대전 카드는 한국 대 일본. 세계 무대에서 오랜 세월 라이벌 관계에 있던 두 나라가 단 하나뿐인 메달을 걸고 싸우는 경기이기 때문에 국민의 관심이 엄청날 수밖에 없었다.

역사 문제도 있고, 결전 당일의 정치적인 행보도 경기에 관심을 집중시키는 큰 요인이었다. 일본 정부가 전날부터 세 차례에 걸쳐 중지를 요청했지만, 한국의 이명박 대통령은 독도 상륙을 단행했고 1시간 반이나 머물렀다. 이 일은 파장이 커서 지구 반대편에 있는 영국에서도 크게 보도되었다. 두 나라 사이에 선 이케다도 그

소식을 들었다. 하지만 흔들림이 전혀 없었다.

"저 자신은 독도 문제를 전혀 마음에 두지 않았습니다. 선수들을 조금이라도 좋은 컨디션으로 만드는 일에만 집중했으니까요."

런던 올림픽에 참가한 한국 대표팀은 카타르에서 뛰는 남태희(레크위야SC)와 박주영, 구자철 등 유럽에서 뛰는 선수, 김보경(당시 세레소오사카), 황석호(산프레체히로시마) 등 J리그에서 뛰는 선수, 오재석(당시 강원FC) 같은 K리그에서 뛰는 선수로 구성되었다. 올림픽 축구 경기에는 와일드카드(23세 초과 선수) 3명을 제외하고 23세 이하 선수만 나갈 수 있었다. 소속팀에서 선수가 주전이냐 아니냐에 따라 대회 기간 중 경기 감각과 피지컬 면이 일정하지 않아서 몸 상태에 큰 차이가 있었다.

18명 선수 전원의 몸 상태가 일정하지 않으면, 90분 동안 안정적인 플레이를 할 수 없다. 돌발적인 상황이 일어났을 때, 조직력이 급격하게 떨어질 수도 있다. 여러 가지 시나리오를 염두에 두고 항상 선수들의 몸 상태를 일정하게 유지하는 것이 이케다의 가장 큰 임무였다. 프로페셔널 피지컬 코치로서 자긍심과 책임을 가슴에 안고 그는 눈앞의 대업에 집중했다. 하지만, 모국 일본과 동메달 결정전에서는 마음 한구석에서 미묘한 감정이 솟을 수밖에 없었다. 그것이 날것 그대로의 인간이다. 그의 심정을 여실히 드러낸 일화가 있다. 결전을 앞두고, 한일 양국은 카디프의 같은 호텔

에 숙박했다. 이케다와 일본 올림픽 대표팀 스태프는 서로 인연이 깊었다. 일본 올림픽 대표팀 감독 세키즈카 타카시와는 와세다 대학 선후배 사이이고, 수석 코치인 오구라 쓰토무는 제프유나이티드에서 함께 일했던 동료이며, 무토 아키라는 요코하마F마리노스에서 리그 2연패를 함께 달성한 적이 있다. 같은 피지컬 코치인 사토우치 타케시도 오래전부터 알던 사이다. 올림픽이 시작되고 나서도 그들과는 문자로 자주 이야기를 나누고 있었다.

"일본이 첫 경기에서 스페인을 이겼을 때는 저도 무척 기뻐서 세키즈카 감독과 사토우치 코치에게 '승리를 축하한다'고 문자를 보냈어요. 답장에서 '결승에서 만날 수 있도록 서로 힘내자'고 격려하더군요. 저 자신에게 좋은 자극이 되었죠. 그런데 동메달이 걸린 3-4위전이라는, 가장 미묘한 지점에서 만나고 말았습니다. 그들과 경기 전에 마주치면 무슨 말을 해야 할지 모르겠어요. 난감하다는 게 솔직한 심정이었습니다."

그래서 이케다는 일부러 호텔 뒷문으로 돌아가서 숙박자용이 아닌 종업원용 엘리베이터를 쓰기로 했다. 그렇게 하면 경기 전에 마주치는 일을 피할 수 있다고 생각했기 때문이다. 하지만 경기 전날 오후, 가장 만나고 싶지 않았던 세키즈카 감독과 딱 마주치고 말았다. 이케다도 쓴웃음을 지을 수밖에 없었다.

"만나면 무슨 말을 해야 할지 몰랐어요. '한국 선수의 상태는 어때?' 하고 세키즈카 감독이 물으면 저도 거짓말을 할 수가 없죠. 하지만 '한국 선수 누구누구의 상태가 나쁘다'고 솔직히 말할 수도 없었어요. 세키즈카 감독도 같은 생각을 하고 있었을지도 모릅니다. 그렇게 생각하면 묘한 기분이 들었어요. 결국, '내일 좋은 경기 하자'고 말하고 헤어졌습니다."

우연한 만남은 이케다의 미묘한 감정을 떨치게 했는지도 모른다. 일본인으로서는 마음이 흔들린다. 그래도 프로 피지컬 코치인 이상, 한국 대표팀을 위해 최선을 다할 뿐이다……. 그는 그렇게 마음을 정리했다.

한국 선수들은 카디프에 입성한 순간부터 잡담을 전혀 하지 않았다. 경기까지 이틀이나 남았는데, 너무 긴장하는 것 아닌지 이케다가 걱정할 정도로 정적에 휩싸였다. 오재석 선수의 말에 따르면 이렇게 조용한 배경에는 홍명보 감독의 지시가 있었다고 한다.

"8강에서 영국을 이겼을 때부터 4강 브라질전까지는 모두 곧잘 웃으면서 이야기했어요. 그 모습을 본 홍명보 감독님이 'Too much talking! Too much smile!'이라고 하셔서 3-4위전까지 3일 동안은 자제하자는 얘기가 나왔죠. 그래서 조용해졌어요."

이케다 세이고 코치의 가르침을 잘 따르던 오재석 선수. 올림픽 이후, 일본 감 바오사카로 이적했다.

한국팀은 평소에도 경기 전에 말이 없어지는 경향이 있었지만, 이때의 정적은 특별했다. 경위를 몰랐던 이케다에게는 매우 이상한 광경으로 비쳤던 것 같다.

"식사 때도 일본팀은 칸막이 너머에서 화기애애한 분위기였는데, 한국 선수들은 아주 조용하게 식사를 했어요. 저는 이상하게 느꼈는데, 한국인 스태프가 '분위기 좋다'고 말하더군요. '자기 일에 집중하면 말 같은 건 안 나와'라고 하면서요. 이것이 한국인의 사고방식입니다. 평소와 같은 태도를 보이면 '들떠 있다'고 간주합니다. 특별한 힘을 내려면 비일상적인 것이 당연하다…… 그만큼 확실히 준비한다는 거죠."

이케다는 한일 양국이 결전에 임하는 방식의 차이를 새삼 깨달았다. 그렇게까지 자제하면서 집중력을 높이는 선수들에게 무언가 해주고 싶다고 생각한 이케다는 경기 전날 점심, 스트레칭 시간에 이렇게 말했다.

"너희와는 3년 동안 함께 지냈지만, 내가 여기 온 이상, 정말 동메달을 목에 걸어주고 싶다."

평소 홍명보 감독이 입을 열기 전에는 아무 말도 하지 않던 이케다 코치가 가슴 속에 담았던 생각을 말하자 많은 선수가 전에 없던 투지를 불태우기 시작했다. 그 뒤, 열린 미팅에서는 바짝 조인, 독특한 긴장감이 감돌고 있었다.

홍명보 감독은 파워포인트 자료를 보여주면서 일본팀의 경기 방법과 선수 개개인의 특징을 하나하나 설명하고 세세한 전술을 확인시켰다. 일본에서 5년을 뛰었던 홍명보 감독은 일본어를 잘

해서 이케다 코치와는 일본어 90%, 통역 10% 비율로 이야기했다. 단, 결정적인 순간에는 반드시 한국어를 썼다.

"짧은 기간의 대회에 임하는 대표팀에서는 통역해주는 스태프가 꼭 필요했습니다"라고 이케다가 말했지만, 오사카 출신의 통역 조광수의 도움으로 그는 홍명보 감독의 말을 하나하나 확실히 이해할 수 있었다.

선수들에게 보여주는 영상에서 일본 선수가 멕시코 선수와 공중볼을 경합하는 장면이 나왔다. 그 순간, 평소 냉정하고 침착했던 홍명보 감독은 영상을 멈추고 감정을 폭발시켰다.

"만약 이런 상황이 오면 그냥 갖다 부숴버려! '죽으려고 하면 살고 살려고 하면 죽는다.' 이 말을 절대 잊지 마!"

이 격언은 이순신 장군이 남긴 것으로 한국에서 지금까지도 유명한 말이다. 홍명보 감독은 일본과 동메달을 걸고 벌이는 대결전을 앞두고 이 말을 인용해서 숙적에게 목숨을 걸고 싸워야 하는 중요성을 강조했던 것이다.

"저는 모든 경기에 임할 때, 우선 선수와 팀의 상황을 파악하고 우리에게 무엇이 필요한지 생각합니다. 한일전에서는 정신력이 가장 중요하다고 봤어요. 한국과 일본의 전술을 모두 분석한 다음에 남은 것은 역시 정신력이었습니다. 그것을 선수들에게 확실히 전하고 싶어서 그 말을 했지요." 하고 홍명보는 조용한 어조로 말했다.

분위기를 고조시키는 젊은 한국인 지휘관 옆에 있던 이케다는 일본인인 자신에게 일본팀 전력에 관해 그가 어떤 조언을 원하지 않을까 생각했다. 그러나 홍명보 감독은 그런 기색을 전혀 보이지 않았다. 그것도 자신에게 세심한 배려를 했기 때문이 아니었을까……. 이케다는 마음속에서 따뜻함을 느꼈다고 한다.

"홍명보 감독의 팀에서는 여러 종류의 미팅이 있었습니다. 합숙 중이나 경기 며칠 전의 미팅에서 홍 감독이 '세이고 코치님, 하실 말씀 있어요?'라고 물어서 의견을 자주 말했어요. 20세 이하 대표팀 때는 대학생과 프로 선수가 섞여 있어서 J리그에서 뛰는 선수가 중심이라는 경향이 강했어요. 그런 시류에 우려를 표명하면서 '일본에 가는 것이 반드시 성공이라고 볼 수 없다'고 경종을 울린 일도 있었습니다. 올림픽 예선이 한창일 때 선수들한테서 들뜬 분위기가 느껴지면, 정신적으로 조이기 위해 독설도 서슴지 않았어요.

경기 전 미팅에서는 그가 스스로 선을 그었습니다. 3-4위전에서는 일본의 축구 스타일과 선수 개개인의 특징을 잘 아는 저에게 의견을 구하는 것도 한 방법이라고 생각했는데, 홍명보 감독은 제 말을 들을 필요 없을 정도로 일본 전력을 샅샅이 알고 있었어요. 한국의 승리를 위해 분석을 철저히 했거든요. 물론 일본인인 저에 대한 배려도 있었다고 봅니다. 그는 나이는 저보다 훨씬 적지만,

그런 배려를 할 줄 아는 남자였죠."

이케다를 배려하는 마음은 홍명보 안에 적잖이 있었다고 한다.

"한일전을 대비하면서 가장 마음 쓰였던 것이 세이고 코치의 존재였습니다. 일본 쪽에서 보면 한국팀에 일본인 코치가 있는 사실 자체가 마음이 쓰였겠죠. 경기를 앞두고 저는 세이고 코치에게 괜찮냐는 말 한마디만 했습니다. '괜찮다'는 그의 말을 듣고 그다음부터는 평소처럼 집중할 수 있었죠."

단 한 점의 구름도 없는 상태로 눈앞의 큰 경기만을 바라본 지휘관은 미팅 마지막에 선수들에게 이런 말을 던졌다.

"우리들 손으로 역사를 바꾸자!"

한일전의 승패를
가른 전술

저는 일본의 약점을 알고 있었고,
신체능력으로 싸우면 이길 수 있다는 자신이 있었어요.

▌3-4위전에서 한국은 4-2-3-1의 기본 진형으로 나갔다. 오미야에서도 뛰었던 김영권(광저우헝다)과 황석호가 중앙 수비수를 맡고 수비형 미드필더에 기성용(당시 셀틱), 양 측면 미드필더에 김보경, 지동원(당시 선덜랜드), 최전방 공격수 아래에 구자철, 최전방 공격수에 박주영 등 일본에도 잘 알려진 재능들이 나왔다.

같은 진형으로 나온 일본은 골키퍼에 곤다 슈이치, 수비수는 오른쪽부터 사카이 히로키, 스즈키 다이스케, 요시다 마야, 토쿠나가 유헤이, 수비형 미드필더에 세레소 오사카 콤비인 야마구치 호타루와 오기하라 타카히로, 좌우 측면 미드필더에 오쓰 유키, 키요타케 히로시, 최전방 공격수 아래에 히가시 케이고, 최전방 공격수에 나가이 켄스케가 들어갔다.

런던 세대인 한일 양국 선수들은 2008년과 2010년 AFC 19세 이하 대회 8강에서 만난 경험이 있다. 같은 상대와 2회 연속으로 8강에서 맞붙은 것이다. 사우디아라비아에서 열린 2008년 대회에서는 곤다, 나가이를 내세운 일본이 슛 두 번에 그치며 한국에 0-3으로 완패. 중국에서 열린 2010년 대회에서는 일본에 스기모토 켄유와 우사미 타카시 같은 재능 있는 선수가 있었지만, 한국에 2-3으로 역전패당했다. 두 번 연속으로 20세 이하 월드컵 출전권을 놓쳤던 쓰라린 과거가 있는 탓에 44년 만에 동메달을 딸 수 있는 이 경기는 일본에 절호의 설욕 기회였다.

양국의 만감이 교차하는 중에, 경기 시작 휘슬이 울렸다. 이 순간, 이케다는 오히려 마음이 평온했다. 경기에 나갈 선수들의 상태를 최상으로 올리는 일을 생업으로 하는 피지컬 코치에게 최선을 다하고 난 뒤 남은 것은 선수를 믿는 일뿐이었다.

"내가 할 수 있는 일은 모두 했다."

그는 어느 정도 시원한 마음이었다고 한다. 경기 중에도 구석의 벤치에 앉아서 가만히 상황을 바라보고 있었다.

워밍업은 경기장 안에서 한 번에 3명까지로 제한이 있었기 때문에 전반전은 20분이 지나고 나서 3명씩 두 번 로테이션하기로 했다. 후반전도 10분이 지나고 나서 3명씩 번갈아 하기로 약속했다. 이케다가 굳이 지시할 필요 없이 한국 선수들은 자신들이 무엇을 해야 할지 알고 재빠르게 행동했다. 높은 자주성을 갖춘 집단에 큰 무대에서 새삼스럽게 말할 것은 없었다. 그래서 안심하고 경기를 볼 수 있었다고 한다.

경기 초반은 한일 양국 모두 신중하게 탐색전을 했다. 그러나 시간이 지남에 따라 한국이 차츰차츰 밀어붙이기 시작했다. 일본은 박주영과 지동원을 겨냥해 롱볼을 공급하는 김영권과 정성룡 등 패스 공급원을 막아내지 못했다. 볼 경합에서 강한 전방 선수들을 기점으로 세컨드 볼을 주워 슈팅 기회를 노리는 한국의 전술에 일본은 대단히 고전했다. 일본이 허용한 두 골도 모두 이 전술에서 나왔다.

첫 골은 전반 37분, 일본의 코너킥을 저지해서 나온 공을 오재석이 잡아서 길게 패스했다. 최전방에서 공을 잡은 박주영은 스즈키 다이스케와 1대1 상황에서 그를 제치고 오른발로 골을 넣었다. 두 번째 골은 후반 11분이 지나서였다. 정성룡 골키퍼가 길게 찔러준 공을 박주영이 요시다와 겨루며 등 뒤로 흘리자 골문 앞에서 도사리고 있던 구자철이 골을 넣었다. 두 번째 골이 나온 순간, 이케다는 한국팀 스태프의 한 명으로서 대단히 기뻐했다. 이 득점에서는 복잡한 감정이 전혀 없었고, 순수하게 프로 지도자로서 기뻐했다. 그리고 홍명보가 선택한 일본전 맞춤 전술이 적중했음을 실감했다고 한다.

젊은 지휘관은 동메달이 걸린 대결전의 계획을 다음과 같이 설명했다.

"우선 중요하다고 생각했던 것이 일본이 잘하는 플레이를 못 하게 하는 것이었습니다. 일본의 선수들은 좁은 공간에서 공을 다루는 데 능숙합니다. 실제로 런던 올림픽 첫 경기였던 스페인전에서 일본의 스타일은 아주 좋은 모습을 보였죠. 우리가 이기려면 수비에서 그들이 잘하는 축구를 못 하게 하는 일이 대단히 중요했습니다. 선수 사이의 거리를 넓히고 공간을 주지 않는 전술로 일본이 하고 싶은 패스 축구를 못 하게 하는 데 중점을 두었어요. 그래서 공격에서는 긴 패스를 적극적으로 썼습니다. 최대한 전방으로 패스를 보내면, 공이 맞고 흘러나와도 우리가 노리는 상대 골문에 접근할 수 있지요. 롱볼을 차면 플레이의 정확성이 떨어진다는 점도 알고 있었지만, 상대 진영 깊숙이 공을 보내는 것 자체는 효율적인 전술입니다. 게다가 우리는 승부차기까지 갔던 영국전을 카디프의 경기장에서 겪어봤기 때문에 잔디 상태가 나쁘다는 것도 알고 있었어요. 그 점도 고려했지요.

롱볼 축구를 하면서 경기를 유리하게 이끌려면 세컨드 볼을 어떻게 잡을지가 큰 포인트였습니다. 우리 선수들은 자기가 해야 할 일을 확실히 이해하고 실천해서 이상적인 경기를 해줬어요. 제 생각에는 득점, 내용, 정신력, 피지컬 등 모든 면에서 완승이 아닐까 합니다. 일본에 이기기 위한 전략을 그대로 실현한 축구를 했으니까요. 반대로 일본은 일본다운 축구를 못 했다고 봅니다."

구자철, 기성용을 필두로 한국의 요즘 젊은 선수들은 기술이 매우 좋고 패스도 잘한다. 그건 이케다 코치가 반복해서 강조해 온 점이다.

"요즘 젊은 한국 선수들은 공을 연결하려고 하면 얼마든지 연결할 수 있는 기술과 능력이 있어요. 실제로 첫 경기였던 멕시코전에서는 패스 축구를 했고 상대를 괴롭히는 경기를 했다고 봅니다."

홍명보 감독도 그 점을 충분히 이해하고 있었고, 런던 올림픽에서는 그들의 장점을 살린 점유율 축구를 바탕으로 승리했다. 그러나 일본전에서는 그전과 다른 전술을 썼다. 그것이 이기는 데는 더 유효하다는 '확신'이 있었기 때문이다.

"일본 축구가 눈부시게 성장한 것은 사실이고, 아시아 최고 수준이라는 것도 인정합니다. 실제로 2011년 8월 삿포로에서 열린 한일전은 한국 국가대표가 0-3으로 완패했죠. 우리 팀이 런던 올림픽 동메달 결정전에서 일본에 또 지면, 한국이 일본에 이기는 것은 앞으로 어려워질 것으로 생각했습니다. 그래서 카디프의 한일전은 무조건 승리해야 했어요. 축구 종주국인 영국에서 한일 양국이 동메달을 놓고 싸우고, 그곳에서 두 나라의 축구를 세계에 선보인다는 의미도 있었죠. 그 점도 '이겨야 한다'는 마음을 강하게 했습니다.

저는 일본의 약점을 알고 있었고, 신체능력으로 싸우면 이길 수 있다는 자신이 있었어요. 그 신념을 바탕으로 이런 전술을 선택했습니다."

자신들의 스타일을 중시하고 이상을 좇는 지도자라면 과연 이런 큰 무대에서 전술을 대담하게 바꿀 수 있을까. 일반적으로 생각하면 그것은 매우 허들이 높은 일이다. 하지만 홍명보 감독은 딱 잘라 말했다.

"축구는 결과가 전부입니다. 이기기 위해서라면 우리가 싸우는 방식도 바꿀 수 있습니다."

아시아 굴지의 리베로로 월드컵 4회 출전, 자국 개최였던 2002년 한일 월드컵에서는 4강이라는 성공을 겪은 남자이기 때문에 이런 대담한 작전을 펼칠 수 있었던 것인지 모른다.

한국 선수들은 홍명보 감독의 지시대로 움직여서 작전을 완벽하게 해냈다. 그들의 강한 정신력을 이케다는 똑똑히 보았다. 메달을 따면 병역이 면제되기 때문에 한국 선수들이 열심히 뛴 것이라고 보는 시선도 있지만, 그 이상으로 한국과 일본의 정신력 차이가 컸다고 이케다는 느꼈다.

"한국 선수들은 강해지려는 열망이 강합니다. 경기를 포기하지 않는 근성이 대단합니다. 0-2로 뒤진 채 추가시간 3분이 표시되면, 일본 선수는 보통 '이제 3분밖에 안 남았다'고 생각하는데, 한국 선수는 '아직 3분이나 남았다'고 생각하고 맹렬히 골문을 향해 돌진합니다. 어렸을 때부터 '무조건 이겨야 한다'는 의식이 박혀 있는 게 크죠. 일본의 경우는 '경기에선 졌지만, 내용이 좋았으니 OK'라는 지휘자가 적지 않지만, 한국에서는 그런 생각이라면 스포츠 경기를 하는 의미가 없다고 봐요. 이런 정신적인 차이도 3-4위전에서 나왔다고 생각합니다."

한국에서 어린 시절부터 축구를 한 오재석 선수도 그 차이를 실감한다.

"초등학생 때부터 축구를 즐긴다는 마음은 전혀 없었고, 경기에서 이기는 것만을 생각해 왔어요. 일본에서는 다리가 아프면 '연습 안 해도 된다'고 말해주지만, 한국에서는 참으면서 하는 것도 축구라는 생각이거든요."

그가 당당하게 "이번 한일전은 제 인생 최고의 집중력으로 싸웠어요"라고 말할 수 있는 것은 어린 시절부터 가혹한 환경 아래에서 기른 투쟁심이 축적된 결과라고 할 수 있다. 2골을 뒤졌지만,

일본 선수도 끝까지 열심히 뛰었다. 세키즈카 감독도 오기하라를 빼고 야마무라 카즈야를, 히가시를 빼고 스기모토 켄유를 넣어 공중전을 하려고 했지만, 몸싸움에서 이기지 못했다. 남은 10분 동안, 요시다를 올려서 했던 파워플레이도 효과가 없었다. 한국과 대결은 일본이 안고 있던 과제를 드러나게 했다.

박종우라는 인물의
초상

일본인이 왜 한국인을 감싸느냐는 비난을 들었어요.
한국인이든 일본인이든 상관없습니다. 자기 아들이라고 생각해보세요.

▌ 떠들썩한 분위기 속에서 이케다가 기억하는 것은 동메달을 땄
다는 성취감, 피지컬 코치로서 일을 잘해냈다는 안도감, 그리고 일
본인으로서 느끼는 패배감……. 가슴 속에는 설명하기 어려운 여
러 감정이 복받쳐서 어찌할 바를 몰랐다.

옆에 있던 홍명보 감독도 이케다와 똑같이 '일본에 대한 복잡한
감정'을 느꼈다고 고백했다.

"경기 직후는 경황이 없어서 다른 것을 살필 상태가 아니었습니
다. 그러나 저도 일본에서 5년 동안 뛰었고 일본인 선수도 잘 알고
있었어요. 경기장 위에서 두 나라 선수들이 최선을 다해 싸운 것
도 알고 있었습니다. 일본 선수들이 낙담하며 주저앉은 광경을 보

자 복잡한 기분이 들었습니다.

저도 그런 심정인데, 세이고 코치는 오죽 마음이 아프겠어요. 헹가래가 끝나고 그가 걱정되어서 바로 라커룸에 갔어요. 결과적으로 한일 양국은 승자와 패자로 나뉘었지만, 다시 좋은 관계가 되어야 한다고 생각했습니다. 서로 메달을 놓고 죽기 살기로 싸우는 아시아 축구를 세계에 보여줄 수 있었어요. 그런 의미에서는 가슴을 당당히 펼 수 있습니다."

혼란스런 마음을 가눌 수 없던 이케다에게 위안이 된 장면이 있었다. 한일 양국 선수가 보여준 순수한 모습이었다.

"경기를 마치고 호텔로 돌아가서 라운지를 지나가는 중에 우연히 오재석, 사이토 마나부, 토쿠나가 유헤이, 곤다 슈이치를 비롯해서 양국 선수가 함께 떠드는 모습이 눈에 들어왔습니다. 일본 선수도 누구보다 메달을 따고 싶었을 테고, 패배의 분한 감정도 컸겠죠. 패배를 받아들이지 못하는 마음도 한구석에 있었을 거예요. 그래도 마음을 다잡고 서로의 건투를 칭찬하는 배포는 있었어요. 그런 일본 젊은이의 모습을 보고 제가 일본인이라는 것이 정말 자랑스러웠습니다……."

함께 싸운 두 나라 선수가 축구라는 스포츠를 통해서 친해지고 역사와 정치의 장벽을 넘는 장면도 보았다. 그래서 이케다는 박종우의 독도 세러모니로 인해 두 나라 사이에 다시 부정적인 역사와 정치 문제가 떠오르는 것이 아쉬웠다고 한다. 또한, 안타까운 일도 있었다. 일본 언론의 보도를 계기로 일본의 웹에서는 중상모략이 난무했고, 비난의 화살은 이케다 자신과 그 주변에 향했다.

> "박주영과 구자철이 골을 넣었을 때, 만세를 했는데, 그건 독도를 한국이 점거했다는 의미인가요?"

경기가 끝난 뒤, 이케다는 일본인 기자로부터 이런 질문을 받고 충격을 받았다. 게다가 3-4위전 다음날에 열린 메달 수여식 때 일본인 기자가 던진 "박종우 선수는 사전에 플래카드를 준비하고 있었다는데, 알고 있었나요?"라는 질문에도 놀랐다.

"그런 일은 100% 없었다고 말할 수 있습니다. 그가 미리 준비했다면, 제가 반드시 말렸을 겁니다. 코치진에 일본인이 있는데, 박종우가 생각 없는 일을 할 리가 없죠." 하고 홍명보 감독은 딱 잘라 말했다.

그때 이케다도 같은 생각을 언론에 직접 얘기했다. 그러나 결과적으로 그 일이 그를 둘러싼 상황을 더 곤란하게 만들었다.

"계속 팀에 있던 그에게는 그런 일을 할 시간도 여유도 없었어요. 그것을 저는 잘 알고 있어서 '선수가 경기에 집중하다 보니 아

무 생각 없이 행동한 것 같다'고 말한 겁니다. 그런데 그 '아무 생
각 없이 행동했다'는 말만 어느 틈에 퍼져서 2채널(일본의 디시인사
이드 같은 사이트) 등에서 난리였습니다."

이케다는 일련의 사건을 돌아보고 다음과 같이 반성하는 말도
했다.

"그들의 노력을 폄한 말이 결과적으로 저에게만 비난이 오는 데
그치지 않고, 일본에 있는 가족과 관계자에게도 비난이 쏟아져서
피해가 갔어요. 제가 앞일을 생각하지 않고 경솔한 발언을 한 것
같아요."

이때 아내와 두 딸은 일본에 남겨둔 상태였다. 여자들끼리 조용
히 사는 집에 '일본을 적국에 판 매국노', '비국민(非國民)', '죽여주
마'라는 전화와 편지가 쇄도했다……. 그것이 가족과 떨어져 일하
는 이케다에게 얼마나 두렵고 속 타는 일이었을까……. 경험하지
못한 사람은 그 심정을 도저히 알 수 없다.

그래도 이케다는 한국 올림픽 대표팀에서 신념을 가지고 일했
고, 박종우에 대한 존중도 잃지 않았다. 피지컬 코치인 자신이 제
시한 역할을 가장 충실하게 해낸 남자가 박종우였기 때문이다.

2011년 여름에 박종우와 만나 함께 싸운 1년 동안을 이케다는
이렇게 칭찬한다.

"박종우는 연세대에서 드래프트로 부산아이파크에 입단한 수

비형 미드필더입니다. 홍명보 감독은 이 세대에서 수비형 미드필더를 쭉 찾고 있었고, 정우영(당시 교토상가), 한국영(당시 쇼난벨마레)과 함께 발탁한 선수였습니다. 저는 잘 모르는 선수였지만, 홍명보 감독이 '아주 헌신적인 플레이를 하는 선수'라고 말해서 아시아 최종예선에 들어가기 직전인 2011년 여름, 남해에서 열린 캠프로 불러들였습니다.

원래 전방에서 뛰는 선수였기 때문에 수비는 하지만, 처음에는 공격형 미드필더라는 인상이 강했고, 공격 이외의 부분은 엉성한 부분도 있었어요. 그러나 점점 기량이 좋아지면서 대표팀에는 없어서는 안 되는 수비형 미드필더로 성장했습니다. 그리고 2011년 11월 올림픽 예선 카타르전(원정)에서 처음으로 수비형 미드필더로 나가 헌신적인 플레이로 팀을 위해 뛰는 선수라는 점을 증명했지요. 올림픽 직전에는 한국영 선수가 부상으로 이탈하는 바람에 기성용과 그가 수비형 미드필더를 같이 보게 되었습니다. 그 위치에서 박종우는 파이터 같은 플레이를 전면에 내세워 싸웠습니다. 조별 예선 가봉전에서는 오른쪽 새끼발가락을 다쳐서 크게 부어올랐습니다. 스파이크를 신을 수 없는 상태였는데, 그는 다음 영국전에 아무 일도 없었던 것처럼 나가서 뛰었어요. 정말 한결같은 남자죠. 경기장 안에서나 밖에서나 욕심이 많아서 피로회복 방법이나 훈련 내용에 관해서 적극적으로 질문을 던지면서 꾸준히 노력했습니다. 저 정도까지 노력하는 선수도 드물죠. 그 행동만 없었으면 무조건 MVP를 주고 싶은 선수 중 한 명입니다."

규정을 어긴 박종우는 영국에서 메달을 받지 못했다. 한국에서는 그를 옹호하는, 긍정적인 의견이 많았지만, '스포츠 대회에서 정치적인 행동을 하면 안 된다'는 의견도 있었다고 한다.

홍명보 감독도 "스포츠와 정치를 함께 생각하는 것은 있을 수 없는 일이다. 따로 생각해야 한다"고 주장했다.

이 문제가 커지면 커질수록 선수 본인이 떠안는 후회도 깊어졌다. 한국이 일본에 이긴 시점에 이미 한국 선수들 사이에서는 이케다에 대한 특별한 감정이 생겨나고 있었다. "자신의 모국과 싸워야 하는 것은 너무 어려운 일이다. 내가 세이고 코치님과 같은 처지라면 그 일을 맡을지 모르겠다"고 오재석은 다른 동료들과 얘기했다. 박종우 본인은 "세이고 코치님에게는 정말 죄송하게 생각한다"는 말을 되풀이했다. 그 깊은 자책감을 그는 실제 행동으로 보여주었다.

"세이고 코치님과 가족분들에게 사과하고 싶다."

박종우는 이케다 코치에게 몇 번 연락했다고 한다. '다 끝난 일이야…….' 이케다는 그렇게 생각해서 처음에는 사과를 안 받았다고 한다. 그래도 2012년 8월 26일 아침, 박종우는 한국을 방문한 이케다의 가족과 이케다가 함께 머무는 부산의 호텔을 찾아갔다.

"한국에 돌아온 직후, 환영 만찬에서 박종우가 '세이고 코치님, 정말 죄송합니다'라고 정중히 사과했어요. '가족분들은 언제 한국에 오시나요? 꼭 사과하고 싶어서요'라고 하길래 '조만간 올지 모르지만, 괜찮아'라고 말했죠. 그로부터 2주 후 저와 아내, 당시 중학생이던 딸이 부산에 오게 되었습니다. 일정은 안 알려줬는데, 관계자한테서 들었는지 박종우가 전화했어요. 솔직히 매우 놀랐습니다. 그리고 호텔 로비에 박종우가 혼자 찾아왔어요. 거기에서 아내와 딸에게 '미안하다'고 일본어로 말하면서 고개를 숙였습니다."

이케다는 그런 박종우를 봤더니 올림픽 때보다 말랐다는 걸 알았다. "말랐구나." 하고 말하자 박종우는 "4kg 정도 빠졌어요." 하고 말했다.

마음고생 탓이라고 이케다는 생각했다. 30분 정도 그 자리에 있던 박종우는 "경기 후 회복 치료가 있어서……"라면서 잰걸음으로 떠났다. 진솔한 모습에 이케다의 가족도 "아주 성실한 선수네요." 하고 흐뭇해했다고 한다. 이런 박종우의 모습을 통해 이케다는 한일 양국의 이해가 서로 더 깊어지기를 갈망했다.

"솔직히 말해서 한일 양국의 젊은 세대는 한일 문제나 독도 문제에 관해 자세히 아는 사람이 적어요. 그런 무지함 탓에 의미도 없이 서로 상처 주는 경우가 있어요. 그래서 서로 더 아는 노력을 해야 합니다. 역사는 바꿀 수 없지만, 스포츠나 문화를 통해서 서로의 거리를 좁힐 수는 있어요. 저도 그런 역할을 했으면 해서 한국 대표팀에서 일하기로 한 거니까요."

부산에서 박종우에게 사과를 받고, 이케다의 가슴 속 답답함은 풀렸다. 그러나 일본 국내에서 박종우에 대한 평가는 아무래도 좋을 수가 없었다. 어려운 상황에 놓여도 열심히 노력하는 그의 성공을 이케다는 바랄 뿐이었다.

일본인으로 한국팀 코치를 맡게 된 사연

훈련에 임하는 집중력, 승리를 향한 의지가
대단한 한국 선수들을 보고 자극을 받았다.

▌ 일본에서 '가깝고도 먼 나라'로 알려진 한국. 이케다 세이고가
이 나라에서 지도를 시작한 것은 2007년 11월이었다. 당시 이케
다는 요코하마F마리노스의 아카데미에서 피지컬 코치로 일하고
있었고, 2006년에 맺은 2년 계약이 끝나기 직전이었다. 이 시기에
우라와에 사는 아버지가 입원과 퇴원을 되풀이해서 장남인 이케
다는 부모님 집과 가까운 곳에서 일하기를 원했다. 태어나고 자란
우라와에서 축구에 공헌하고 싶다는 생각도 강했다. 이때, 당시 강
화부장 나카무라 슈조(일본축구협회 여자부 위원)와 이야기할 기회도
급격하게 많아져서 2008년부터 우라와에서 일하는 것이 거의 확
정되는 상황이었다.

부산아이파크의 임시 코치직 제안이 들어온 것은 바로 그 시기였다.

"K리그는 플레이오프에 나가지 못하면 10월로 시즌이 끝납니다(편집자 주-당시 K리그는 리그 상위 6위까지 플레이오프로 우승팀을 가렸다). 11월부터 2월까지 오프 시즌이 기니까 피지컬 컨디션을 어떻게 유지할지가 중요한 과제죠. 옛날 요코하마에 있을 때 인연이 있던 안정환과 유상철이 당시 부산 감독이던 김판곤에게 저를 소개한 모양이에요. '비시즌 동안 선수들을 봐달라'고 부산에서 마리노스에 의뢰가 왔습니다."

이케다는 놀라움을 감출 수 없었다. 그런데도

"아주 좋은 이야기잖아. 거절할 이유가 없어. 갔다 와." 하고 당시 마리노스의 강화부장이며 와세다 대학의 선배인 나카무라 카쓰노리가 그렇게 말하며 등을 떠밀었습니다.

"마리노스와 계약은 2008년 1월까지였는데, 나카무라 카쓰노리 선배가 배려해줘서 2007년 12월 말로 계약기간을 단축해줬어요. 게다가 부산이 마리노스에 돈으로 보상한 덕택에 1월은 자유의 몸으로 부산에 갈 수 있었죠. 우라와와의 계약은 2월 1일이었으니까 큰맘 먹고 일을 할 수 있었어요. 두 분이 배려해주신 점은 정말 감사하게 생각하고 있습니다."

이렇게 해서 이케다는 부산에 부임했다. 그런데 한국인 선수에게 그는 잘 모르는 일본인 코치에 지나지 않았다. 피지컬 코치라는 것은 트레이닝 지도는 물론, 때로는 식생활과 수면 등 사생활 습관까지 이야기할 필요가 있다. 그래서 강한 신뢰관계가 필요하다. 트레이닝을 새로 시작하려면 이케다는 한국인 선수의 개성과 특징을 충분하게 이해해야 한다. 상대도 열린 자세로 받아들이지 않으면 효과를 낼 수 없다. 그런 의미에서 이케다 자신도 다소 불안한 부분이 있었다.

'라이벌 나라에서 온 새 코치에게 조금이라도 빨리 흥미를 보이게 만들고 싶다.'

그는 이런 마음이 가득했다고 한다. 선수들의 신뢰를 얻기 위해 처음 했던 것이 두 종류의 유연성 테스트(toe touching)였다. 이케다는 이 동작의 의도를 선수들에게 설명했다.

"두 가지 방법을 지시했습니다. 우선 선수들에게 눈을 감고 가장 슬펐던 일 등 부정적인 이미지를 떠올리면서 움직이게 했습니다. 다음에는 지금까지 가장 기뻤던 일 등 긍정적인 이미지를 떠올리면서 하라고 했어요. 둘을 비교하면 긍정적일 때의 수치가 놀랄 정도로 높아요. 이걸 보고 선수들도 놀랐죠. 마음가짐에 따라 몸은 이 정도로 민감하게 반응한다는 것을 알려주고 싶었어요. 그와 동시에 그들이 모르는 지식을 줘서 저에게 관심을 보이게 만들고 싶었습니다."

자신의 트레이닝 방법을 주목하게 한 이케다는 서서히 고난이 도의 훈련 메뉴를 적용해 갔다. 당시 한국에서는 1,000m 달리기 10회 같은 공을 쓰지 않는 훈련이 많았고, 연습 자체도 틀에 박혀서 구태의연하다는 인상을 받았다고 한다.

한국 축구의 역사를 되돌아보면 2002년 한일 월드컵에서 4강에 올랐다. 당시 스태프는 히딩크 감독과 핌 베어벡 같은 네덜란드 지도자들이었다. 그렇다면 한국에 네덜란드식 피지컬 컨디셔닝이 자리 잡았어도 이상하지 않다. 그러나 이케다가 본 한국은 그렇지 않았다.

"한국인은 기본적인 부분을 바꾸지 않는 민족이에요. 음식문화도 바꾸지 않고, 정체성을 유지해요. '불이유행(不易流行-아무리 세상이 변해도 변하지 않아야 할 것이 있다는 뜻)'의 경향이 강하죠. 물론 네덜란드 축구도 영향을 주었지만, '이 이상 네덜란드 방식이 들어오면 한국의 장점이 사라진다'는 시점이 있어서 받아들이지 않았다고 들었어요. 그것이 피지컬 컨디셔닝의 도입이 늦어지는 데 영향을 주지 않았을까 합니다."

실제로 한국 선수들은 테크닉이 있고, 짧거나 긴 패스도 정확하게 할 수 있다. 그런데도 유연하게 상황에 따라 반응하는 능력이 왠지 부족했다. 그래서 상황판단이 필요한 훈련을 적극적으로 시켜야 한다고 이케다는 생각했다.

선수 두세 명을 육각형의 정점(마커)에 배치하고 공을 각 마커마다 하나씩 두고 드리블하면서 대각선에 있는 마커에 배치된 선수와 패스를 주고받는 연습을 철저히 했다. 자신이 드리블하고 있는 공 말고도 공이 다섯 개나 움직이고 있기 때문에 각각의 선수와 공과의 움직임을 보면서 정확하게 패스하는 것은 시야가 좁은 선수한테는 매우 어려운 일이다.

일본의 지도 현장에서는 일반적으로 실시하는 훈련 메뉴이지만, 익숙하지 않은 한국 선수들은 제대로 하지 못해서 당황할 따름이었다. 이케다는 하나하나 플레이를 지시해서 조금씩 착실히 수준을 높이려고 했다. 그들이 눈을 반짝이며 임하는 모습에 이케다도 피지컬 코치를 시작할 때의 신선한 느낌을 다시 받았다고 한다.

부산아이파크에서 지도하면서 한국 선수들의 정신력과 신체능력의 특징도 깊게 알게 되었다. 가장 인상 깊었던 것은 '이제 안 되겠다'고 여기는 심리적 한계가 매우 높다는 것이었다.

"한국 선수는 정신력이 강하고 힘도 갖췄습니다. 힘도 일본인보다 세고, 일반적으로 힘은 지구력에 반비례한다고 하는데, 한국 선수들은 지구력도 좋았어요. 힘을 희생해서 지구력을 갖춘 일본 선수보다 지구력이 낮은 한국 선수가 한 경기를 끝까지 뛸 수 있는 것은 정신력이 큰 요인이라고 봅니다. 어렸을 때부터 '무조건 이겨야 톱 레벨에 올라갈 수 있다'는 환경에서 자라 와서 그런지 다소 힘든 훈련에도 내성이 강했어요. 일본 축구는 리그제가 도입되고 나서 내용을 중시하는 경향이 강해졌는데요. 한국도 바뀌고는 있지만, 여전히 토너먼트 방식이 뿌리 깊게 남아 있습니다. 어떤 제도를 고집스럽게 지속했을 때 다른 효과를 얻을 수 있다는 점, 그것 또한 생각할 여지가 있음을 실감했습니다."

한국 선수는 피로 회복 능력도 높아서 일본 선수와 같은 훈련을 한 경우, 한국 선수의 회복이 1~2일 빠르다는 점도 새로운 발견이었다. 이러한 배경에는 영양과 수면이 중요하다는 의식이 있어서라고 이케다는 말한다.

"한국의 대학과 팀에는 반드시 기숙사와 숙소가 있어서, 그곳에서 식사와 수면을 제대로 하고 있어요. 어릴 때부터 '잘 먹고 잘 자야 좋은 선수가 된다'고 자연스럽게 배우고 자란 덕이 큽니다."

2008년 부산의 규슈 원정 합숙 때도 이케다는 인상적인 일을 겪었다. 부산 선수 중에는 일본에 처음 온 선수도 있었다. 그러면 일본에서 나오는 음식은 먹어본 적이 없는 것도 나온다. 선수들은 낯선 음식을 보고 이케다에게 이렇게 질문한다.

"이거 몸에 좋나요?"

그 질문에 이케다는 놀라움과 함께 감탄했다.

"일본 선수가 같은 상황에 마주하면, '이건 무슨 맛?', '맛있나요?' 하고 물어봅니다. 맛부터 생각하는 거죠. 하지만 한국 선수는 영양가부터 생각해요. 몸에 좋은 것을 적극적으로 먹어요. 거기에서 의식의 차이를 느꼈어요."

한국은 식사로 하루가 시작된다고 한다. 한국인은 아침 인사를 '밥 먹었어요?'라고도 곧잘 말한다. 누가 집에 오면 반드시 '밥 먹고 가'라고 말한다. 밥에 대한 집착이 일상적으로 선수의 머리에 뿌리 깊게 박혀 있는 것이다.

"일본에서도 축구팀을 만든다면, 숙소와 식당도 같이 지어야 하지 않나 싶어요. 몇 년 전에 생긴 'J-Green 사카이(일본 최대의 축구 트레이닝 센터)' 같은 시설은 목적이 다르긴 하지만, 한국에 있는 시설과 견주면 크게 다른 인상이에요. 영양 섭취와 피로 회복까지 관리해야 최적의 지도를 할 수 있습니다.

한국의 경우, 파주 트레이닝센터에 숙소가 있고, 당연히 식사도 나옵니다. 한국 대표팀의 홈 경기 전날에는 반드시 파주에서 숙박하는데요. 선수들은 한국에서 다섯손가락 안에 든다는 소문이 돌 정도의 솜씨 있는 조리장이 만든 음식을 먹고 경기를 준비합니다. 밥은 삶의 원천이고 활력이라는 점을 기억해야 합니다."

확실히 J리그 팀을 봐도 클럽하우스에서 제대로 된 식사를 할 수 있는 시설을 갖춘 곳은 극소수이다. 더구나 식당이 있는 팀도 식대는 선수가 부담하는 것이 보통이다. 한국은 반드시 선수 개인 방이 있고, 식사도 세 끼 무료로 먹을 수 있는 곳이 보통이라서 일본과 차이가 크다고 말할 수밖에 없다.

J2(일본 2부 리그)나 JFL(일본 실업 리그), 유소년 축구팀 등은 그런 환경이 갖춰지지 않은 곳이 태반이다. 일본 아이들의 먹는 욕구가 떨어지는 것이 문제시되어 '식생활 교육'을 개선하려는 움직임이 일본 전국의 축구팀에서도 있지만, 열량과 영양소만을 너무 의식한 나머지, 식사량은 간과하고 있는지 모른다. 이케다는 부산에 부임하고 나서 식사의 중요성을 새삼 실감했다고 한다.

경기장 안팎에서 근면한 한국 선수들에게 자극을 받고 이케다는 그들의 지도에 큰 흥미를 보이게 되었다. 김판곤에 이어 새로 부산 감독으로 취임한 황선홍은 '이케다 코치가 우리 팀에 남아서 더 지도했으면 한다'는 의사를 우라와의 나카무라 슈조에게 타진했다. 우라와 측도 3월 말까지라면 OK 했지만, '4월부터 1년 더 있어줬으면 한다'는 얘기가 나오자 이케다 본인도 놀라는 한편, 난감할 수밖에 없었다. 나카무라도 가만있을 수 없어서 부산까지 와서 거절 의사를 밝혔다.

이케다로서는 솔직히 부산에서 더 지도하고 싶은 마음이 없었던 것은 아니지만, 우라와에 대한 마음도 있어서 귀국을 선택했다. 그 뒤, 1년 동안 우라와에서 유스(고등학생팀)와 주니어유스(중학생팀)의 피지컬 컨디션 관리를 맡았는데, 2009년 생각지도 못한 인물로부터 연락을 받게 된다.

홍명보라는 남자와
처음 만난 날

그는 감독으로서 자질을 갖추고 있었어요.
정말 처음으로 팀을 지도하는 사람이 맞나 하는 생각이 들 정도였어요.

▌"세이고 씨, 오랜만입니다. 잘 지내셨어요?"

유창한 일본어로 전화를 건 사람은 오래전 벨마레히라츠카와 가시와레이솔에서 뛰었던 홍명보였다. 이케다는 그와 알게 된 경위를 말했다.

"마리노스의 1군을 보고 있을 때, 당시 선수였던 이하라 마사시(가시와 수석코치)의 소개로 식사를 함께한 것이 첫 만남이었다. 일본에 있을 때는 가끔 만나서 그와 얘기했지만, 지도자가 되기 위해 한국으로 돌아가고 나서는 거의 연락을 못 했어요. 그래서 놀랐죠."

홍명보는 이케다를 친숙한 존재라고 생각한 것 같다.

"세이고 씨와 처음 식사했을 때, 그분이 와세다 대학 출신이고, 제가 나온 고려대와 교류가 많은 대학이라는 이야기가 나와서 아주 친근감이 들었습니다."

전화로 홍명보가 한 말에 이케다는 놀라움을 감출 수 없었다.

"우리 팀을 도와주시겠어요?"

팀은 20세 이하 한국 대표팀이었다. 2009년 9월부터 10월까지 개최되는 이집트 U-20 월드컵. 이 큰 대회를 준비하고 있는 팀의 스태프로 와달라는 제의였다. 한국은 2008년에 사우디아라비아에서 열린 AFC U-19 대회 8강에서 일본을 누르고 출전권을 땄다. 우즈베키스탄, UAE, 호주와 함께 세계 대회에 나가게 된 것이다.

"저는 한국 선수들의 신체능력을 전체적으로 올리고 싶었어요. 그 일을 부탁한다면, 세이고 씨가 최적이라고 생각했습니다. 그래서 전화한 거죠." 하고 홍명보 감독은 이케다에게 갑작스러운 제안의 의도를 설명했다.

그러나 우라와의 스태프였던 이케다는 바로 승낙할 수가 없었다.

"아주 좋은 이야기이고 꼭 돕고 싶지만, 지금은 우라와에 소속되어 있어서 어려워요." 하고 말할 수밖에 없었다.

그리고 며칠 후, 홍명보 감독은 대담하게도 일본까지 찾아온다. 당시 우라와의 아카데미 센터장 야하기 노리후미와 담판을 지으러 온 것이다. 직정경행(直情徑行)이라 할 수 있는, 이런 당당한 행동을 할 수 있는 부분이 한국인의 특성일 지도 모른다.

당연히 야하기 센터장이 그 자리에서 고개를 끄덕일 리 없었다. 하지만 휴가를 대신한다는 조건으로 20세 이하 한국 대표팀이 참가하는 수원컵에 대동하는 것은 허락했다. 이렇게 해서 이케다는 홍명보 지휘 아래서 2009년 7월 31일부터 8월 7일까지 세 경기를 치르는 팀을 지도하게 되었다.

20세 이하 한국 대표팀의 선수 면면은 구자철, 김보경, 오재석, 조영철(당시 알비렉스니가타), 최정한(당시 오이타트리니타), 이승렬(당시 성남) 등 지금은 일본에서도 지명도가 높은 재능들이었다. 다만, 당시 프로 선수였던 것은 정동호(당시 요코하마F마리노스), 조영철 등 J리거 몇 명뿐이었다. A대표팀에도 뽑힌 기성용은 소집되지 못했고 대부분 대학생으로 구성되어 베스트 멤버는 아니었다.

"'저 사람, 대체 뭐지?'라는 게 솔직한 마음이었어요." 하고 오재석도 이케다를 처음 만났을 때 느낌을 밝혔다. 한국 선수 태반이 그때까지 피지컬 코치라는 존재를 만난 적이 없어서 위화감이 있는 것이 당연했다. 더구나 일본인이라면 더욱더 그랬다. 하지만 부산아이파크에서 지도를 받았던 골키퍼 이범영은 "세이고 코치님, 웰컴!" 하고 밝게 맞아주어서 이케다도 안도했다고 한다.

한국에서 1989년 이후 태어난 세대는 지금은 '스타 군단'의 위치에 있지만, 이 당시에는 '사상 최약'이라는 평가를 받고 U-20 월드컵도 '조별 리그 통과하면 다행'이라며 기대를 받지 못했다.

단기간에 그런 그들에게 무엇을 해줄 수 있을까?

그것이 베테랑 피지컬 코치로서 솜씨를 보여줄 기회이기도 했다.

"처음 지도하는 팀에서는 '확실히 트레이닝 효과가 나온다'고 선수에게 느끼게 해야 합니다. 제일 처음 치르는 연습 경기도 중요합니다. '피지컬 코치 말대로 했더니 경기에서 몸이 잘 움직였다'고 실감해야 저도 선수에게 신뢰를 받습니다. 서로 최선의 관계를 만드는 거죠."

그 말대로 된 것이 성남과의 연습경기 때였다. 2010년 AFC챔피언스리그에서 우승한 강팀이어서 절호의 상대였다. 이때도 이케다는 부산아이파크에서 했던 다리 강화, 코어 트레이닝, 유연성과 상황 판단을 높이는 피지컬 컨디셔닝을 적극적으로 실시했다. 그중 가장 중요시했던 것이 훈련 초반부에 하는 워밍업이었다. 워밍업은 훈련마다 1회 20분 정도 반드시 하게 했다. 소집횟수가 적고 연습시간이 한정된 대표 선수는 더욱 이 워밍업 시간이 소중했다.

육각형 패스 주고받기가 점차 익숙해지자 팔각형으로 하거나 인원을 늘려서 복잡하게 했다. 단기간에 같은 트레이닝을 반복하면 응용력이 생긴다. 한국에 와서 이케다는 이런 의도를 가지고 훈련 메뉴를 짰다.

처음에는 헷갈려서 당황했다고 오재석도 쓴웃음을 지으며 당시를 회상한다.

"그전에는 각자 조깅 수준의 워밍업밖에 한 적이 없어서 육각형 패스 주고받기에 놀랐어요. 생각하면서 해야 하기 때문에 머리가 아팠어요. '워밍업이란 땀을 흘리는 게 아니라 머리도 동시에 깨우는 것이다'고 세이고 코치님이 한 말은 지금도 기억해요. 전원에게 같은 동작을 시키고 일체감을 갖게 하는 것도 중요시했어요."

전혀 다른 훈련 메뉴를 요구하자 선수들의 눈빛이 달라져 갔다. 이케다는 보람을 느꼈다고 한다.

"경기 후, 선수들로부터 '몸싸움에 강해졌다', '첫발을 내딛는 게 가벼워졌다'는 말을 들었어요. 선수들은 기뻐하는 동시에 '더 강한 훈련을 받고 싶다'고 의욕적으로 나왔죠. 그럼 저도 더 난이도 있는 메뉴를 요구하기 쉬워지죠. 운동량이 많고 부담이 높은 연습도 자진해서 할 수 있게 되었습니다."

신뢰 관계가 깊어지자 연습의 폭은 넓어졌다. 서로 높은 수준의 요구를 할 수 있다. 그것은 이케다에게 기쁜 일이었지만, 선수들 사이에서는 이런 소리도 흘러나왔다.

"제가 너무 힘든 걸 시키니까 옆에서 보고 있던 김태영 코치가

'세이고 상'이 아니고 '아이고 상'이라고 했어요. 그랬더니 선수들도 다 그렇게 부르더군요. 그만큼 힘들었나 봐요. '아이고'의 뜻을 알았을 때는 저도 두 손 들고 웃었습니다."

오재석은 당시의 힘든 연습을 기억하며 쓴웃음을 지었다.

"세이고 코치님은 '진짜 마지막'이라는 말을 잘 안 해줘요. 힘든 트레이닝을 할 때마다 그 말이 나오기를 속으로 기다리거든요."

그렇게 혹독하지만 애정이 있는 훈련을 통해 이케다는 선수들의 마음을 확 잡았다. 트레이닝은 모든 선수가 똑같이 받지만, 경기에 나가는 선수는 평등할 수가 없었다. 20세 이하 한국 대표팀 선수들은 국내 고교 축구계에서는 슈퍼스타였던 선수들이다. 경기에 나가지 못하면 연습에 임하는 자세도 바뀐다. 아주 극소수였지만, 워밍업을 성실히 하지 않는 선수, 부정적인 태도를 노골적으로 드러내는 선수도 있었다.

그럴 때는 평소 온화한 이케다도 선수에게 엄한 목소리로 꾸짖는다.

"팀이란 건 그런 게 아니야!"

이케다가 참지 못하고 그렇게 말하면, 홍 감독도 동의한다는 듯이 입을 열었다.

"팀은 하나가 되어서 싸우는 거야. 스타팅 멤버는 11명뿐일지 모르지만, 벤치멤버는 언제 불러도 100%의 준비를 하고 있어야 해. 그것이 실현되어야 정말 이길 수 있는 팀이 되는 거야."

이런 기본 자세를 심는 일은 20세 이하 한국 대표팀부터 시작되어 그 뒤 올림픽 대표팀으로 이어졌다.

"당시, 저는 세이고 코치에게 '어느 선수가 워밍업을 열심히 했어요?' 하고 자주 물었어요. 세이고 코치가 '선수들이 별로 열심히 안 한다'고 하길래, '이제부터 어떤 경기든 세이고 코치와 상의하고 나서 선수를 기용하겠다. 세이고 코치가 피지컬 면에서 OK라고 한 선수만 내보낼 거야'라고 선언했어요. 그러자 선수들 눈빛이 확 바뀌었어요. 워밍업을 하는 자세가 진지해졌고 열심히 하더군요.

제가 그런 선언을 한 것도 세이고 코치의 위치를 명확하게 해야겠다고 생각했기 때문입니다. 세이고 코치는 외국인 코치라서 선수들이 열심히 안 할 가능성도 있었어요. 그런 상황을 막기 위해 그의 중요성을 확실히 인식시켰습니다." 하고 홍 감독은 팀 초기 당시의 일화를 밝혔다.

지휘관의 절대적인 지원을 받고 이케다는 선수의 자세와 정신력을 끌어올리는 데 가지고 있는 힘을 다 쏟았다.

"경기 중에 벤치멤버가 하는 워밍업은 강요하지 않는다. 단, 하루라도 빨리 자기에게 가장 맞는 워밍업 방법을 찾아라."

선수에게 입버릇처럼 잔소리를 해댔다.

여기에는 이유가 있었다. 한국 축구 선수는 유소년 시절부터 지도자 말대로만 따라 한 경우가 많은 탓인지 스스로 생각해서 움직이는 것은 잘하지 못한다. 그러나 진정으로 강한 집단이 되려면 자립심을 가져야 한다. 스스로 껍질을 깨고 나와야 선수로서 크게 도약할 수 있다고 생각하기 때문이다.

워밍업에서 의욕을 보이지 않는 선수를 향해 이케다는 "너는 팀을 위해서 싸울 수 있나?"라고 입이 닳도록 계속 물었다.

이것이 홍명보 감독이 내세운 이념이었다.

"'FOR THE TEAM 정신'은 세이고 코치와 반복해서 이야기했어요. 일본 선수들도 자기 의견을 잘 말하지만, 한국 선수들도 자기주장이 아주 강해졌어요. 그런 경향이 강하니까 '자기보다 팀을 우선하자'고 계속 말한 거예요. 젊은 선수들에게 늘 희생을 강요하기는 어렵지만, 우리 팀 선수들은 제 얘기를 잘 들어주었어요."

수원컵 이후 1년 뒤인 2011년 1월부터 한국 올림픽 대표팀의 피지컬 코치로 정식 취임한 이케다는 홍명보 감독과 4년에 걸쳐 일하게 되었다. 그 사이에도 홍명보 감독의 확고한 철학이 바뀌는 일은 결코 없었다고 그는 말한다.

"4년 동안 많은 한국 선수들이 대표팀 후보로 팀에 들어왔습니다. 고교 시절부터 전국에 이름을 떨친 엘리트도 물론 있었습니다. 단, 홍 감독이 팀을 만들면서 가장 중요하게 생각한 'FOR THE TEAM'을 따르지 않는 선수는 아무리 기술, 전술, 체력적으로 우수해도 최종 명단에는 남지 못했어요.

다만, 그들에게는 팀의 방향성을 설명하며 두세 번 기회를 주고, 그들을 관찰하다가 성장했다고 판단하면 홍 감독이 불러들이겠죠. 그걸 보면 홍 감독의 그릇이 크다고 생각해요."

그와 대조적인 선수가 3-4위전에서 활약한 구자철이었다. 그는 헌신적인 자세를 전면에 드러내며 급성장을 이룬 선수이다.

"중학생을 지도하면 느끼지만, 매일 눈부시게 진화하는 모습을 볼 수 있어요. 구자철은 그런 중학생을 보는 것 같았어요. 20세 이하 대표팀을 거쳐 올림픽 대표팀으로 오면서 플레이의 시야가 확실히 넓어지고 플레이의 폭도 다양해졌어요. 짧은 워밍업에서도 그는 적극적으로 임했어요. 그 자세만으로도 반짝반짝 빛나는 부분이 있었죠."

워밍업은 몸의 움직임을 좋게 하는 것은 물론, 선수들에게 전했듯이 머리를 깨우는 의미도 큽니다. 단순한 달리기나 드리블만 하면, 경기에서 갑자기 공 소유나 판단력이 필요한 플레이를 할 때, 머릿속이 패닉 상태에 빠집니다. 그래서 뛰기만 하는 훈련은 별로 하지 않고 공을 쓰는, 실제 경기 상황에 바탕을 둔 워밍업을 생각했습니다. 그런 의도를 구자철 같은 선수가 잘 이해해서 흡수력도 높았던 거지요. 그런 선수가 결국에는 우뚝 솟아오른다는 점을 실감했습니다."

이케다가 구자철과 함께 '인간적으로 훌륭하다'고 인정한 오재석도 자기관리 능력이 확실히 뛰어났다. 이케다가 "아침에 일어나서 20분 달리면 식욕이 생기고 몸도 가벼워져서 움직임이 좋아진다"고 조언하면, 주저 없이 바로 실행했다. 영양에 관한 교육을 받고 나서는 케이크나 과자 등 운동선수에게 해가 되는 음식은 전혀 입에 대지 않았다. 그는 이 자기관리를 올림픽이 끝나고 난 뒤에도 계속하고 있다. 한국에 와서 높은 프로 의식을 가진, 많은 선수와 만난 것이 이케다에게 큰 재산이 되었다.

대표팀에서 환경 변화에 대한 적응력은 매우 중요한 테마 중 하나다. 선수의 능력을 최대한 끌어내기 위해 미세한 차이를 고려하면서 워밍업 방법에 변화를 준다. 그것은 피지컬 코치에게 큰 임무다. 수원컵처럼 익숙한 홈에서 하는 대회라면 그렇게 신경을 곤두세우지 않아도 된다. 그러나 아시아 예선에서는 무더운 중동이나 고온다습한 동남아시아, 계절이 반대인 호주에서도 경기할 수 있다. 이케다는 이런 지역성과 기상조건에 대해서도 신경을 많이 썼다. 예를 들어 중동 원정 경기의 경우, 10일에서 14일 정도의 충분한 준비기간이 있으면 우선 환경에 적응하는 것을 최우선으로 한다. 그러나 1주일 이하의 단기간이라면 굳이 적응시키지 않는다. 그보다 연습시간을 줄여서 되도록 피로를 쌓이지 않게 한다. 또는 더운 시간을 피해서 트레이닝하고 시차 적응하도록 체력 소모를 줄인다. 이렇게 하는 편이 본 경기까지 체력을 아낄 수 있고 잘 싸울 수 있는 것이다.

"2012년 11월 브라질 월드컵 아시아 최종예선 때 일본 대표팀이 오만에 갔는데, 준비할 시간이 거의 없어서 고전한 적이 있습니다. 영하의 날씨인 러시아에서 뛰고 있던 혼다 케이스케(당시 CSKA모스크바)가 체감한 기온 차는 약 40도였어요. 경기 전부터 선수들이 잘 못 뛸 것이라고 어느 정도는 예상했습니다. 이런 상황이라면 컨디션이 좋은 선수, 더위에 강한 선수를 쓰는 편이 좋은 결과를 내는 경우가 많아요. 홍 감독에게도 그런 이야기를 한 적이 있습니다."

이케다의 이런 조언을 홍명보 감독은 귀담아들었다.

"피지컬 컨디셔닝은 세이고 코치에게 모두 맡기겠습니다."

이케다는 홍명보 감독으로부터 전폭적인 신뢰를 받았다. 일본에서는 '피지컬 코치는 직접 시범을 보일 수 있어야 한다'는 생각이 뿌리 깊다고 한다. 왕년에 선수였던 이케다는 후루카와 전공(현 제프유나이티드)에서 뛸 때 무릎을 다쳐서 요코하마F마리노스에서 일할 때는 걸을 때마다 아플 정도였다. 제프와 마리노스에서 뛸 때까지는 선수와 함께 달리거나 시범을 보일 수 있었지만, 계속 그럴 수는 없었다. 그는 피지컬 코치를 계속해 나가는 데 자기 몸이 버틸지 불안에 휩싸였다.

하지만 홍명보 감독은 그런 부분을 전혀 문제시하지 않았다.

"다리가 불편한 것은 알고 있었어요. 하지만 피지컬 코치가 직접 달리는 건 아니니까요. 움직일 수 없어도 트레이닝만 확실히 시킬 수 있으면, 전혀 문제가 없습니다. 대신 선수들과 함께 달릴 수 있는 젊은 코치가 있거든요.

그런 것보다 우리 팀에 줄 세이고 코치의 경험과 지식 쪽이 훨씬 중요했어요. 세이고 코치가 있으면 선수의 컨디션 관리를 체계적으로 할 수 있습니다. 20세 이하부터 23세 이하 팀에 걸쳐 선수들의 신체적인 측면을 포함한 성장을 확실히 볼 수 있었던 것은 큰 수확이었습니다."

개인적으로도 세이고 코치는 저보다 훨씬 지도 경험이 풍부해서 지도자로서 고민을 나누거나 조언을 받는 등, 선수의 발탁이나 지휘에 관해 폭넓게 이야기할 수 있었습니다. 플러스 요소가 압도적으로 많았어요."

이처럼 홍명보 감독은 이케다에게 절대적인 신뢰를 보이고 새로운 환경을 선사하며 항상 격려해주었다. 이 지휘관의 강한 뒷받침이 없었다면, 타국에서 일본인 피지컬 코치가 힘껏 일할 수 없었다. 한국과 일본이라는 국경을 초월한 두 사람의 강한 유대가 런던 올림픽의 성공으로 이어졌다고 해도 과언은 아니다.

한일 사이에서
부를 수 없었던 국가

지금 입은 유니폼이 내 소속이고 정체성이다.
나는 한국 대표팀을 위해 전력을 다해야 하는 위치다.

일본인이면서 한국 대표팀에 몸담고 있으면, 반드시 한일 양국 사이에 끼는 상황에 놓이게 된다. 이케다도 취임 당시, 갑자기 그런 상황과 맞닥뜨렸다. 2009년 8월 6일 수원컵 마지막 경기인 20세 이하 한일전에서 홍명보 감독과 오카다 타케시 감독은 각각 팀을 이끌고 있었다.

다음 달로 다가온 U-20 월드컵이라는 목표가 있는 한국과 진출권을 따지 못한 일본과는 놓인 상황이 전혀 달랐다. 일본은 J리그에서 출전 기회가 많지 않았던 사이토 마나부와 카와이 요스케 같은 J리거와 대학생이 중심이었고, 한국은 일본을 꺾고 상승세로 이집트에 가려는 전초전으로 삼고 있었다.

이케다에게는 한국 대표팀 스태프로 들어가고 나서 처음 맞는 한일전이었다. 일본팀의 감독인 오카다와는 와세다 대학과 후루카와 전공(전기공업)에서 함께 뛰었던 선후배 사이였고, 제프유나이티드와 요코하마F마리노스에서는 지도자로서 한솥밥을 먹었다. 그래서 특별한 감정도 있었다.

"한국 대표팀 유니폼을 입은 세이고 코치가 일본의 오카다 감독과 이야기하는 모습을 보고, 주위 사람들이 세이고 코치를 어떻게 생각할지 걱정했어요. 저 자신도 좀 이상한 기분이 들었죠." 하고 오재석은 당시 감정을 말했다.

선수들이 그런 걱정을 하고 있는지도 모르고, 이케다는 평소처럼 경기에 임했다. 정렬하고 경기 전 국가 제창 순서를 맞이했다. 이때 그의 마음에 작은 물결이 일었다. 한국 측은 전원이 오른손을 왼쪽 가슴에 댄 뒤, 눈을 감고 애국가를 들었다. 그것은 한국인들에게 '국가에 대한 충성의 맹세'이기도 했다. 이케다는 일본인이지만, 한국팀의 일원이었다. 그것을 머리로 알고는 있었지만, 몸이 움직이지 않았다.

"'어쩌면 좋지……'라는 게 솔직한 심정이었습니다. 고심했지만, 그 당시는 결국, 아무것도 안 하고 끝났어요. 홍 감독과 선수들도 배려해줬는지 아무 말도 안 했어요." 하고 그는 당시 심정을 밝혔다.

"세이고 코치 머릿속에는 여러 감정이 휩싸여서 혼란스러울 것으로 생각했어요." 하고 홍명보 감독은 곁에 있는 일본인 코치의 속마음을 헤아리려고 했다고 한다. 그래도 경기 시작과 동시에 이케다는 그 일을 완전히 잊고, 경기에 몰두했다.

일본이 공을 돌리는 시간은 많았지만, 한국은 중요한 순간 골을 넣었다. 전반 10분에 최정한, 28분에 이승렬이 득점해서 이른 시간에 두 골 차가 되었다. 후반전에 일본은 카와이의 골로 추격했다. 그러나 동점 골은 넣지 못했다. 결국, 한국이 2-1로 승리해서 3전 전승으로 대회를 마쳤다.

이케다는 하나의 임무를 마친 뒤, 보람을 안고 귀국길에 올랐다. 하지만 한일전의 영상을 다시 돌려보자 애국가 제창 장면이 머리에서 떠나지 않았다.

'왼쪽 가슴에 오른손을 대지 않은 저 때문에 팀의 일체감이 떨어졌다……'

몹시 위화감을 느꼈다고 한다.

"저는 일본인이니까 한국인이 될 필요는 없어요. 하지만 팀의 승리를 위해서 벤치가 하나가 될 때, 혼자 왼쪽 가슴에 오른손을 대지 않는 사람이 있으면 비장한 분위기가 흐트러집니다. 그런 팀은 승리할 수 없다고 생각했어요.

홍 감독과 다른 스태프, 그리고 선수들의 축구에 대한 진솔한 자세를 보니 '이들은 진심으로 자기 인생을 걸고 있다'고 감탄했습니다. 저도 이래서는 안 되겠구나. 한국팀의 일원으로 경기에 나선다면, 한국의 승리를 위해서 최선을 다해야 한다. 그것이 나의 사명이라고 마음을 다잡았습니다."

2011년 한국 올림픽 대표팀의 피지컬 코치로 취임하고 나서는 주저 없이 애국가 제창 때 오른손을 왼쪽 가슴에 대고 있었다. 그 모습을 보고 홍명보 감독은 깊은 감명을 받았다고 한다.

"일본인인 그가 왼쪽 가슴에 손을 올린다는 것은 어려운 일이라고 생각했어요. 하지만 세이고 코치는 실제로 그렇게 했어요. 그리고 '나도 이제야 한국 대표팀의 일원이 되었다. 혼을 불어넣을 수 있다'고 말하더군요. 저도 그가 '정말 팀의 일원이 되었구나.' 하고 속으로 생각했습니다."

다 그렇다고는 할 수 없지만, 이런 상황과 마주했을 때, 일본인 중에는 일이라고 해도 단호히 거부하는 사람도 있을 것이다. 그러나 한국인을 지도하고 한국이라는 나라를 겪어 온 이케다는 그들을 적대시하는 일을 전혀 하지 않았다. 오히려 인종이나 국적에 따라 차별하는 행위가 창피한 일이 아닐까. 어렸을 때부터 부모님한테도 그렇게 배웠다.

"제가 아이였던 60~70년대 일본은 아직 한국인에게 차별의식이 뿌리 깊었던 시대였습니다. 하지만 제 아버지는 '사람을 국적이나 핏줄로 차별하지 마. 인간으로서 손을 맞잡아'라고 하셨어요. 그 말은 늘 뇌리에 박혀있습니다."

와세다 대학 아시키(Association式) 축구부 시절, 고려대와 정기전으로 종종 한국에 방문할 때마다 이웃 나라 사람들과 교류해 온 경험도 그 자신의 가치관에 큰 영향을 주었다.

"대학교 1학년 때 한국 원정 선수단에 뽑혔어요. 기쁜 반면에 불안함도 있었지요. 맞이해준 고려대에도 1학년생이 몇 명 있었고, 특히 이길룡이라는 선수가 친절하게 대해줬습니다. 금방 가까워져서 그와 저는 친구가 되었습니다.

그 뒤, 이길룡이 한국 대표가 되고 나서도 계속 교류가 있었는데요. 그는 2003년 44세의 젊은 나이로 사망했습니다. 그 슬픔은 지금도 사라지지 않았어요. 그도 그랬지만, 한국인 선수는 무슨 일이든 열심히 하는 열정이 있었습니다. '모양새나 겉치레와 상관없이 목표를 향해 곧바로 나아가는 점'에 저는 공감했지요."

홍명보 감독과 쌓은 신뢰 관계도 한일 사이의 벽을 없애주었다.

"'정정당당하게 싸워야 의미가 있다. 그래야 진정한 승리자가 될 수 있다'고 홍 감독은 평소에 선수들에게 강조했습니다. 그때까지 한국 지도자들은 결과를 중시한 나머지, '상대의 뼈를 부러뜨려서라도 이겨라' 같은 지독한 인상이 강했어요. 실제로 제가 대학 선발팀에서 한국팀과 붙을 때는 그랬어요. 상대에게 스파이크 바닥으로 태클 당해서 다리에 피를 흘린 적도 있습니다. 물론 홍 감독도 지는 것은 절대로 용서하지 않습니다. '일본팀을 존중해라. 단, 절대로 지지 마. 강한 모습을 보여주는 것이 한국 축구수준의 상징이다'고 수원컵 당시도 강렬한 어조로 얘기했습니다. 그 모습은 대단히 신선하게 비쳤습니다. 대한축구협회와 팬들 사이에서는 '숙적인 일본인 코치와 계약한 일은 전례가 없다'며 부정적인 시선도 있는 모양이었지만, 홍 감독은 흔들리지 않고 주위분들을 잘 설득해주었습니다. 그 점은 존경의 마음을 품고 있습니다."

선수들도 홍명보 감독이 팀으로 힘들게 데려온 이케다 코치에게 경의를 표했고 나날이 신뢰가 깊어졌습니다.

"세이고 코치님을 한국 대표팀으로 데려오기 위해 홍명보 감독님이 세 번이나 일본에 가서 부탁했다는 이야기는 저희도 들었어요. 수원컵 때 효과적인 위밍업 방법을 알려주시거나 '너희 대학생들이 J리그에 간 선수를 부러워할 이유는 전혀 없다'고 격려해주셔서 저희도 세이고 코치님을 따랐어요. 그래서 꼭 한국에 오시면좋겠다고 생각했죠. 세이고 코치님이 정식으로 한국 대표팀의 일원이 되었을 때, 저와 윤석영(당시 전남) 둘이서 '정말 고맙습니다'라고 말하러 갔을 정도니까요.

우리 선수들은 연습량이 급격히 많아지면, 불만이 쌓이기 쉬운

데요. 이케다 코치님과 감독님은 딱 좋을 정도로 연습량을 조절해 주셔서 몸 상태가 확실하게 올라왔어요. 그것이 지금도 신기해요. 17세 이하 한국 대표팀으로 2007년 17세 이하 월드컵(한국 개최)에 나갔을 때는 하루에 세 번이나 하는 혹독한 훈련이 이어지는 바람에 본 대회에서는 상대보다 잘 뛰지 못해서 예선 탈락하고 말았어요. 그 당시와는 트레이닝 내용이 전혀 달랐고, 저 자신도 컨디션에 관해 진지하게 생각하게 되었어요." 하고 오재석은 이케다의 지도를 진심으로 좋아했다.

그러나 한국 올림픽 대표팀에 들어가서 일하는 이케다에 대해 일본에서는 찬반양론의 목소리가 높아졌다. 개중에는 비판과 비아냥도 있었다.

'일본에서 배운 기술과 노하우를 라이벌 한국에 유출하고 있다' 고 생각하는 사람도 있었다. 하지만 이케다는 프로 피지컬 코치인 이상, 흔들림 없이 선수를 위해 전력을 쏟았다.

"분명히 부정적으로 보는 사람도 있을지도 몰라요. 그렇지만 저는 일본의 노하우를 다른 나라에 유출한다고 생각하지는 않습니다. 피지컬 코치의 트레이닝 방법은 각각의 지도자의 경험과 지식에 따라 다른 법입니다. 제 트레이닝도 독자적인 사고에 바탕을 둔 것이기 때문에 정답은 없습니다. '유출'이라고 보는 것은 오해예요. 게다가 전부터 저는 아시아의 수준을 올리려면 한일 양국이 절차탁마해야 한다고 생각하고 있었어요. 홍 감독도 런던 올림픽 조 추첨 장소에서 '올림픽에서도 월드컵에서도 아시아 팀이 톱 시드에 들어가게 하고 싶다'고 얘기했습니다. 런던 올림픽에서는 한국이 일본에 이겼지만, 앞으로는 알 수 없습니다. 한쪽이 이기면 다른 한쪽이 다음에 꼭 이기려고 노력하죠. 서로 자극하면서 노력 하는 것이 대단히 중요하다고 봅니다."

이케다는 한국에 와서 런던 올림픽을 목표로 매진했다. 거기에 는 아시아 축구의 발전을 바라고 일본 축구를 강하게 하려는 각오 가 있었음이 틀림없다.

애국가가 울리는 동안 가슴에 손을 얹
는 의식을 외국인 코치에게 강요할 이
유는 없다. 그런데 이케다 코치는 누가
시킨 것도 아는데 다른 한국 코치나 선
수들과 똑같이 가슴에 손을 얹고 예의
를 표했다. 그것도 우리와는 앙숙 관계
에 있는 일본인의 행동이라 더 놀랍다.

"지금 입은 유니폼이
나의 정체성이다."

런던 올림픽을 향해
걸어간 길

한국 사람들은 어떤 일에
임기응변으로 대응하는 능력이 매우 뛰어나다.

▌ 한국은 2009년 이집트 20세 이하 월드컵에서 8강에 오른 주력 선수를 토대로 2011년부터 런던 올림픽 대표팀을 만들어 왔다. 최종예선에 진출한 한국은 오만, 카타르, 사우디아라비아라는 중동 세 팀과 한 조로 묶였다. 올림픽 진출의 길은 매우 험난해졌다. 이케다도 여러 생각이 교차했다.

서울 월드컵 경기장과 창원 축구센터를 거점으로 준비할 수 있는 홈 세 경기는 문제가 없다. 서울 경기는 파주 트레이닝센터에서 철저하게 대비할 수 있다. 창원 경기도 남부의 축구 거점으로서 2009년 12월에 연 창원 축구센터 안에 경기장이 있어서 숙박과 휴식, 영양 등 여러 면에서 세세하게 적절한 컨디션 조절이 가능하다. 한국이 안방에서 2승 1무 무패의 성적을 거둔 것은 환경적인 요인이 컸다.

어려운 것은 중동 원정이었다. 앞에서 언급했듯이 기온 차가 30도 이상이 되는 땅에서 싸우려면 환경과 어떻게 마주할지가 대단히 중요했다. 이케다는 컨디션 조절 일수를 계산하고 기후에 적응할지 못할지를 판단해서 최선의 대응책을 구상했다. 이러한 노력의 결과, 한국은 중동 3개국의 적지에서 1승 2무라는 나쁘지 않은 성적을 냈다.

최종예선 최대의 난관은 2012년 2월 오만전(무스카트)이었다. 한국 대표팀은 시차 조절과 무더운 날씨에 적응하기 위해 UAE에서 미리 합숙했다.

K리그와 J리그 모두 시즌이 끝난 시기라 선수들 몸 상태와 정신력은 고르지 않았다. 주의력이 산만한 선수도 있어서 어딘지 열의가 떨어져 보였다. 한국 대표팀에 몸담은 지 3년 가까이 되었지만, 이 당시만큼 긴장감이 없는 상태의 선수들을 본 것은 처음이었다.

두 경기 남겨놓고 조 1위라고는 하지만, 2위 오만과 승점 차이는 겨우 1점 차였다. 그런 상대와 맞서야 할 팀이라고는 할 수 없는 분위기였다. 이대로 경기에 나가면 분명히 돌이킬 수 없는 사태가 생긴다. 그렇게 느낀 홍명보 감독이 전에 없이 선수들을 야단쳤다. 이어서 이케다도 말했다.

"너네 도대체 뭐 하는 거야! 우리 딸은 지금 학교에서 '네 아빠는 한국을 위해 일하지'라고 비난받고 있어. 가족이 그런 일을 당해도 난 인생을 걸고 이 일을 하려고 여기에 왔다. 그런데 너희 태도는 뭐야. 너희 힘은 고작 이것밖에 안 되는 거냐!"

그의 노한 목소리 덕에 모두가 깨어났다고 오재석은 증언한다.

"세이고 코치님 앞에서 제대로 못한 것이 죄송해서 모두 얼굴을 들 수 없었어요. 이 반성을 계기로 팀이 확 바뀌었어요."

그 격한 반응에 응하듯이 선수들은 오만전에서 골 잔치를 벌였다. 남태희, 김현성(당시 시미즈에스펄스), 백성동(주빌로이와타)이 각각 득점을 올려 3-0으로 오만을 눌렀다. 경기 도중에는 심판의 석연치 않은 판정이 있어서 홍명보를 비롯한 코치진이 강하게 항의하며 불만을 터뜨렸다.

그 순간, 이케다가 벤치의 천정을 힘껏 치며, "우리가 화내면 선수들이 좋은 판단을 못 해. 침착해'라고 한마디 하자 한국 벤치에 냉정함이 돌아왔다고 한다.

"저는 그 행동을 못 봐서 자세히 말할 수는 없지만, 그때는 아주 곤란한 상황이었어요. 그런 상황에서 경험이 풍부한 세이고 코치는 항상 침착하게 모두를 진정시켰습니다. 우리 한국 사람들은 감정적인 부분이 있어서 세이고 씨처럼 냉정한 존재가 아무래도 필요해요. 한국인 스태프가 주의하는 것보다 외국인인 그가 주의해 주는 편이 더 효과적이었다고 봅니다.

2010년 11월에 열린 광저우 아시안게임 때, 준결승에서 한국이 UAE에 져서 이란과 3-4위전을 한 일이 있었습니다. 선수들이 지쳐서, 저는 누구를 내보내야 할지 무척 고민했고, 다른 한국 코치들도 결정하지 못하는 상태였습니다. 몇 번이나 회의했지만, 시간만 보낼 뿐이었어요. 그때 세이고 코치가 '이 경기가 결승이었다면 누구를 내보냈을까?'라고 한마디 했어요. 그 말이 제 안에 있던 망설임을 사라지게 했어요. 세이고 코치는 이처럼 늘 냉정하게 제 등을 밀어주었죠."

이미 이케다는 홍명보 감독에게도 꼭 필요한 존재였다. 한국 대표팀 코치진 중에서도 중심적인 인물이 되었다고 해도 과언이 아니었다.

최종적으로 한국은 승점 12점을 따서 무패로 런던 올림픽 출전권을 획득하는 데 성공했다. 3월 최종예선으로부터 4개월 뒤인 7월 26일. 올림픽에 참가하는 남자 축구는 이제부터 시작이었다. 올림픽에서 성적을 낼 팀을 만들기 위해서는 전략과 비전을 빠뜨릴 수 없다. 다음 장에서 자세히 적겠지만, 이케다가 함께한 1994

년 미국 월드컵 우승팀 브라질의 코치진도 무더운 날씨를 극복하기 위해 정교한 피지컬 강화 프로그램을 사전에 마련했다. 이를 대표팀 합숙 훈련과 월드컵 기간에 적용해서 컨디션을 대회 마지막 날까지 유지했다. 이케다도 당시의 경험을 참고하면서 머리를 굴렸다.

이케다가 한국에 오고 알게 된 것은 한국인이 어떤 일에 임기응변으로 대응하는 능력이 매우 뛰어나다는 것이다. 반면 일본과 민족성이 달라서 장기계획을 세워서 준비하는 습관이 거의 없다는 것도 느꼈다.

"이것은 한국에서 들은 얘기인데요. 한국인의 저축액은 일본인만큼 많지 않다고 합니다. 돈을 은행에 적은 이자로 놔두느니 주식이나 아파트에 투자한다네요. 로우리스크, 로우리턴보다 하이리스크, 하이리턴 식의 운영을 선호하는 사람이 많다고 들었어요 (웃음)."

그렇지만, 세계 대회에서 결과를 내는 팀은 가능한 한, 세밀하게 계획을 세울 필요가 있다. 그리고 그 계획을 확실하게 수행할 수 있는 집단이어야 한다. 과거 몇 번이나 월드컵에서 우승한 브라질이나 이탈리아도 그랬다. 홍명보와 이케다도 그 중요성을 통감해서 2009년 일을 함께 시작했을 때부터 장기계획에 바탕을 둔 강화를 이어왔는데, 본 대회를 앞두고는 그 의식이 더 높아졌다.

그래서 재빨리 움직인 것이다.

　그 결과, 올림픽에 참가하는 한국 대표팀의 소집일을 7월 2일로 정했다. 이것은 일본 대표팀보다 열흘 이상 빨랐다. 일본은 7월 11일에 뉴질랜드와 평가전 이틀 전에 한 번 소집한 뒤, 경기가 끝나고 해산해서 주말 J리그를 치른 뒤, 재소집하는 형태였다. 그러나 홍명보 감독은 '단기간에 여러 번 모여 훈련하는 것보다 대회 직전에 합숙 기간을 길게 해서 월드컵 같은 준비를 하는 편이 컨디션을 끌어올리는 데 도움이 된다'는 이케다의 의견에 귀를 기울였다. 그래서 홍명보 감독은 K리그 팀들에 여러 번 부탁해서 J리그보다 1주일 빨리 선수를 소집했다.

　"올림픽은 이틀마다 경기하는, 빡빡한 일정이에요. 조금이라도 길게 미리 컨디션 조절해야 한다고 저는 생각했습니다. 1년에 여러 차례 합숙해서 대회에 나가는 것보다 대회 직전 합숙을 중시하면서 팀을 강화하는 방법은 전에도 있었어요. 2010년 남아공 월드컵에서 오카다 감독이 일본팀의 전술을 바꾸는 것이 가능했던 것도 사전의 준비기간을 길게 잡은 덕이라고 생각합니다.

　선수를 정기적으로 소집해서 선수를 고르면서 팀을 만드는 것도 한 방법이겠죠. 단지 한편으로 1994년 월드컵 때 대동했던 브라질 대표팀에서는 대회 직전의 컨디션 조절이 얼마나 중요한지 배웠습니다. 그것을 참고했지요."

이러한 스케줄 차이는 한일 양국에서 올림픽을 보는 시각 차이이기도 하다. 일본 축구계는 J리그와 대표팀 중 어느 쪽에 비중을 두고 있을까. 대회에 따라 다르지만, 앞으로는 어떤 기준이 필요하지 않을까.

단, 한국 올림픽 대표팀의 7월 2일 조기 소집에는 어려움도 있었던 것이 사실이다. J리그 선수는 팀에서 경기를 다 뛰는데, 한국인 선수만 모국에 돌아가서 올림픽 대표팀 합숙에 참가하는 것은 일본 관계자나 팬들이 이해하기 어렵다. 이거야말로 단호히 '소집 거부'하는 팀이 있어도 이상하지 않다. 그래서 홍명보와 이케다는 직접 일본에 가서 일본 팀들을 돌며 협력을 요청했다. 쇼난벨마레의 한국영과 세레소오사카의 김보경 등 선수가 소속된 팀을 중심으로 강력히 요청했다. 이렇게 건실한 노력이 있어서 모든 J리그 팀들이 선수 소집을 허락해준 것이다.

"올림픽은 국제 A매치가 아니기 때문에 협회에 구속력이 없죠. 그런데도 J리그의 모든 팀이 대한축구협회에 협력해주었습니다. 물론 이쪽에서 보여주는 태도도 중요했지요. '툴롱 국제 대회나 단기 소집에는 부르지 않겠습니다. 그러니 올림픽 직전 소집은 협력해주셨으면 합니다'라고 부탁했습니다. 솔직히 한국과 일본이 반대 처지였다면 안 되었을지도 몰라요. 그것이 제가 J리그 팀들에게 깊이 감사하는 이유입니다."

J리그 팀들의 관대함은 그뿐만이 아니었다.

실은 올림픽 직전의 합숙이 시작되자 소집 전부터 피로골절을 안고 있던 한국영의 상태가 더 나빠졌다. 두 수비형 미드필더인 한국영과 박종우는 팀의 절대적인 축이었다. 그렇게 생각한 홍명보 감독에게 한국영이 본선에서 뛸 수 없게 되었다는 사실은 뼈아팠다. 결국, 교토상가의 정우영을 추가소집 하기로 했다. 소집에 교토가 흔쾌히 허락해준다는 보증은 없었지만, 곧바로 OK라는 답장이 왔다고 이케다가 말했다.

"정우영은 일단 최종명단에서 빠져서 의욕이 떨어진 상태로 교토로 돌아갔을 거예요. 오키 타케시 감독이 그런 그의 기운을 북돋워 주려고 하던 차에 재소집 요청을 받았겠죠. 복잡한 상황이었는데, 오키 감독은 물론이고 제너럴 매니저 우바가이 히데타카, 테크니컬 디렉터 타카마 타케시도 흔쾌히 보내주었습니다. 정말 머리가 숙여질 뿐이었어요. 일본 축구계는 서로 협력하는 '큰 아량'이 있다는 점을 다시 느낄 수 있어서 정말 기뻤습니다."

이케다에게는 또 하나 잊을 수 없는 일화가 있다.

그것은 와세다 대학 시절의 동기인 조후쿠 히로시 감독이 이끄는 반포레고후의 일이다. 유럽 리그 시즌이 끝난 6월, 박주영은 제대로 연습할 수 있는 환경을 찾고 있었다. 당시의 그는 소속팀 아스널에서 한 시즌 동안 거의 출장기회를 얻지 못했고, 이적팀도 결정되지 않은 채 어중간한 시기를 보내고 있었다. 트레이닝할 환경도 없어서, 컨디션은 최악이었다. 그런 상태로는 아주 **빡빡한** 일정이 잡혀있는 올림픽에서 제대로 뛸 수 있을 리 만무했다. 몸을 처음부터 다시 만들어야만 했다. 그런데 박주영은 모나코 영주권을 얻는 바람에 한국에 머물 수 있는 연간일수에 제한이 걸렸다. 한국에서 느긋하게 홀로 트레이닝을 하고 있다가는 올림픽 대표팀 합숙에 참가하지 못할 수도 있었다. 예상하지 못한 사태가 일어난 것이다.

홍명보 감독으로부터 그 사실을 알게 된 이케다는 '박주영을 바로 한국 밖으로 보내서 트레이닝을 시키면 된다'고 판단했다. 무리한 부탁인 줄 알면서도 오랜 친구인 조후쿠 감독에게 늦은 밤에 전화를 걸었다. 이에 대해 조후는 "우리 팀에서 받아줄 수밖에 없겠네. 우미노 카즈유키 회장과 사쿠마 사토루 제너럴 매니저의 허락은 받아야겠지만, 비행기 표 준비해놔." 하고 긍정적인 답변을 받았다. 다음 날, 사정을 전해 들은 우미노 회장과 사쿠마 제너럴 매니저는 흔쾌히 허락했고 이케다와 박주영은 바로 일본으로 날아갈 수 있었다.

"다만, 저에게는 구자철, 남태희, 지동원도 트레이닝 시켜야 하는 임무도 있었습니다. 박주영이 일본으로 가게 되는 바람에 그들의 트레이닝을 어떻게 해야 할까 하는 문제가 생겼습니다. 그때

남태희와 지동원이 팀과 계약 문제로 트레이닝에 참가할 수 없게 되어서 구자철 혼자 남게 되었어요.

그래서 또 조후쿠에게 전화해서 '한 명 더 있는데 어떻게 안 될까' 하고 부탁했어요. 그는 '두 사람이든 세 사람이든 마찬가지니까 와'라고 말해주었어요. 고후 측에서 보면 '올림픽에서 일본과 싸울지도 모르는 에이스급 선수 둘을 왜 J리그에서 편의를 봐줘야 하지?' 하고 생각할 수도 있었는데, 흔쾌히 연습장을 빌려줘서 트레이닝할 기회를 주었어요. 이렇게 고마운 적이 없었어요."

결국, 이케다와 박주영이 고후에 간 1주일 뒤에 구자철도 합류했다. 두 사람은 5일 정도 함께 연습했다. 그리고 이케다와 구자철이 한발 앞서서 한국으로 돌아왔고, 박주영은 체제일수 문제로 올림픽 합숙 3일 후에 귀국했다. 18일에 걸쳐서 고후에서 착실히 훈련한 덕에 박주영은 심폐 기능과 지구력을 정상 수준으로 끌어올려서 결승전까지 여섯 경기를 뛸 수 있는 기초 체력을 만들 수 있었다. 올림픽 본선에 돌입하고 나서도 경기력은 좀처럼 돌아오지 않았지만, 경기를 거듭함에 따라 컨디션이 올라가서 일본과 3-4위전에서는 결승 골을 넣게 된다. 이케다는 성취감과 함께 고후의 지원에 아무리 감사해도 모자라겠다는 마음이 가득했다고 한다.

일본 축구계의 협력도 있어서 한국 올림픽 대표팀은 대회 직전에 본격적으로 몸 상태를 끌어올릴 수 있었다. 그러나 만사형통하기만 했던 것은 아니었다. 아시아 예선에서 주장을 맡으며 수비의 핵심으로 활약했던 홍정호(당시 제주유나이티드)는 K리그 경기 중에 무릎의 십자인대파열로 장기 이탈하게 되었고, 같은 포지션이었던 장현수(당시 FC도쿄)도 합숙 당시 가진 인천코레일과 연습경기에서 왼쪽 무릎을 다쳐서 최종명단에서 제외되었다. 급히 대타로 김기희(당시 대구FC)를 올림픽 대표팀에 발탁했다. 예선에서 함께 싸운 수비수의 연이은 이탈로 어려움이 생기고 말았다. 홍명보와 이케다도 이 당시 머리를 감싸 쥐었다.

"이런 예상치 못한 사태에 선수들이 하나로 뭉쳐서 대처해주었습니다. 아시아 예선 때 벤치에 있으면서도 노력을 게을리하지 않고 열심히 했던 황석호가 뛰어난 활약을 보여주며, 홍정호의 공백을 메우는 것 이상으로 실력을 발휘했어요. 경기장 위의 11명뿐이 아니고 선수 18명으로 목표를 이루겠다는 홍 감독의 팀 구상이 비상사태의 팀을 구했다고 봅니다."

이케다가 맡은 팀은 확실히 힘을 키우고 있었다.

혹독한 일정 속에서
한국팀의 분위기

한국 선수들이 세계적으로 체력이 뛰어나지는 않다.
스태미너와 파워가 좋다고들 하는데 정신적인 강점이 저변에 깔려 있기 때문이다.

한국이 들어간 B조는 결국, 금메달을 따게 되는 북중미 왕자 멕시코, 아프리카의 다크호스 가봉, 유럽 예선 2위 스위스가 들어간 매우 어려운 조였다. 7월 26일 멕시코전이 잉글랜드 북동부 뉴캐슬, 29일 스위스전이 중부 코번트리, 8월 1일 가봉전이 남부 런던 웸블리로 서서히 남하하면서 조별 리그를 치르는 일정이었다.

어떤 대회에서도 첫 경기의 중요성은 누구나 인식하지만, 그 상대가 멕시코라면 절대로 실수는 용납되지 않았다. 홍명보 감독은 패스 플레이가 뛰어난 멕시코에 대해 똑같이 패스를 돌리는 전술로 임해서 0-0 무승부라는, 나쁘지 않은 결과를 냈다. 이 경기 후, 선수들이 '할 수 있다'는 자신감을 얻어서 팀 전체에 활기가 생겼다.

그 선수들의 정신력을 유지하면서 얼마나 빨리 피로에서 회복시키느냐, 최적의 상태로 싸우게 할 수 있느냐……. 이케다는 이 임무에 매일 집중했다고 한다.

"경기에 나가는 선수, 나가지 않은 선수의 상태를 고려해서 연습 메뉴를 궁리했고, 20세 이하 수원컵부터 계속해온, 워밍업 20분 동안 몸과 머리를 준비시키는 훈련을 늘 시켰습니다."

벤치멤버의 동향도 살피면서 동기부여를 하는 데도 힘썼다. 와일드카드(23세 초과 선수)인 김창수(당시 부산아이파크)가 소집된 탓에 대기 선수가 된 오재석도 이케다 덕분에 의욕이 생겼다고 한다.

"'너희는 지금 경기에 못 나갈지 모르지만, 앞으로 8강, 4강, 결승전 같은 큰 경기가 기다리고 있다. 그때에 찾아올 기회를 위해서 지금부터 확실히 컨디션을 유지해야 한다'고 말씀하셔서 계속 의욕을 유지했어요. 저희 대기 선수들은 영국에 가고 나서도 아침에 일어나서 20분 달리기는 매일 했거든요.

저는 상의 드릴 일이 있으면 바로 세이고 코치님한테 가서 말했습니다. 실은 영국에 가기 전날에도 이적에 관해 상의 드렸거든요. 그때 에이전트를 통해 감바오사카로부터 오퍼가 와서 주위 사람들은 '감바는 일본에서 늘 우승후보'라며 환영했지만, 세이고 코치님은 '지금 감바는 기술이 좋은 선수가 많아서 기술이 그리 뛰어나지 않은 선수는 비난을 심하게 받을지도 몰라. 30명 중에서 너

혼자만 한국인이고 말도 통하지 않으니 더 고생할 거야. 하지만 네가 바뀌고 싶다면 도전해'라고 냉엄한 현실을 알려주시면서 잘 생각하라고 조언해주셨어요. 그 이야기를 듣고 저는 한 단계 성장을 위해 도전하려고 결심했습니다. 후련한 상태로 올림픽 무대에 나설 수 있었죠."

대기 선수의 의욕도 높아져서 팀 분위기도 좋아졌지만, 가혹한 경기 일정은 선수들을 괴롭혔다. 경기 다음 날 팀은 늘 버스로 4~5시간 이동해야 했는데, 많은 선수가 피곤해서 버스 바닥에 드러누웠을 정도다. 일본과 3-4위전 이전 경기인 8강, 4강은 연속해서 야간 경기였다는 점도 선수들의 피로도를 헤아릴 수 없게 했다.

예사롭지 않은 상황 탓에 이케다는 최대한 회복시키는 데에만 집중했다. 가혹한 일정이 이어져서, 선수들의 분위기가 나빠질 수 있었지만, 와일드카드인 박주영, 정성룡, 김창수가 23세 이하 선수들의 마음을 달래주는 일이 많았다.

이케다는 올림픽 기간 중 팀의 분위기에 관해 이렇게 말했다.

"한국은 상하관계가 절대적이라서 선배가 시키는 일은 하는 것이 당연합니다. 그것이 나쁜 쪽으로 편향되면 K리그 승부조작 같은 문제가 나오지만, 선배는 후배를 매우 아낍니다. 런던 올림픽 때는 그것이 팀의 분위기를 좋게 하는 데 도움이 되었어요.

젊은 선수들이 '형'이라고 따르면 박주영 같은 선수도 가만히 있을 수 없지요. 버스 이동하다가 주차장에 머물면 박주영은 매번 저한테 와서 '세이고 코치님, 애들에게 아이스크림 사줘도 될까요?', '도넛을 사주고 싶은데 괜찮을까요?'라고 물어보고 다른 선수들에게 한턱냅니다.

박주영이 큰 형, 구자철이 작은 형으로 위치가 명확했던 것도 좋았던 것 같아요. 선수들의 강한 결속력을 자주 느꼈습니다. 홍 감독이 입이 닳도록 얘기해 온 것을 선수들이 잘 지키고 있어서 기뻤어요."

스태프의 노력과 선수들의 강한 일체감이 주효해서 한국은 스위스에 2-1로 이기고 예선 마지막 경기인 가봉전도 0-0으로 비겨서 조 2위로 8강이 확정되었다. 2위가 된 점은 오히려 이후의 경기에 유리한 면으로 작용했다. 왜냐하면, 만일 1위로 통과했으면 한국은 런던 웸블리에서 결승까지 계속 경기를 해야 했기 때문이다.

"가장 편리한 수도 런던에서 끝까지 머물 수 있으면 최고 아닌가"라고 많은 사람이 똑같이 얘기할 것이다. 그러나 실상은 전혀 달랐다고 이케다는 쓴웃음을 지으며 말했다.

"웸블리에서 경기할 때는 규정상 런던 선수촌에서 지내야 합니다. 그런데 갑자기 선수촌에 들어갈 수 있는 스태프의 AD카드가 3장밖에 없다고 하길래 저는 충격을 받았어요. 원래 AD카드는 각국의 올림픽 위원회가 축구 경기에 참가하는 스태프 수를 계산해서 보통 7~8장을 배당합니다. 그게 3장밖에 안 되다니 대체 어떻게 된 건지 들었더니 한국 올림픽 위원회(KOC)가 메달밭으로 유력한 양궁 종목 관계자에게 20장이나 주었다는 겁니다. 그 20장은 국회의원 등 VIP에게 흘러들어 가서 그들은 볼일도 없는데 선수촌에 드나들었다고 해요.

일본이라면 절대로 있을 수 없는 일이지만, 그것이 한국에서는 버젓이 일어납니다. 홍 감독도 두 손 들었다는 표정으로 '나와 세이고 코치, 트레이너만 있으면 되겠죠'라고 말했지만, 아무리 생각해도 부족해요. 그래서 대한축구협회가 KOC에 요청해서 1장 더받았고, FIFA에도 부탁해서 3장 받아서 겨우 7장을 만들었습니다.

하지만 FIFA에서 받은 3장은 원데이패스여서 선수촌에 들어갈수 있는 것은 4명뿐이었어요. 그러면 선수들을 만족스럽게 보살필수 없어서 아무래도 스트레스가 쌓입니다. 선수촌 식당은 너무 넓어서 어떤 음식은 긴 줄을 서야 했어요. 먹고 싶은 음식을 가져오는 일만으로도 긴 시간과 에너지가 소모되었습니다. 기대에 부풀어서 음식을 먹었는데, 예상 밖으로 맛이 없어서 실망한 적도 많았어요. 이런 환경이 계속되면 싸우기 전에 정신적으로 좋지 않겠다고 생각했어요."

결국, 런던 웸블리가 아닌 카디프의 밀레니엄 스타디움에서 개최국 영국과 대결하게 된 것은 한국에 순풍이었다. 결전의 땅에 있는 호텔에서는 팀과 대동하던 한국 굴지의 요리사 김형채가 만든 음식이 준비되어서 선수들의 얼굴이 확 밝아졌다고 한다. 한국인 선수들은 온돌 생활에 익숙한 탓인지 해외에서도 전기장판을 가지고 다닌다. 많은 선수가 호텔에서 침대를 놔두고 바닥에 전기장판을 깔아서 그 위에 이불을 덮고 잔다. 선수촌에서는 이러한 국민성, 생활습관에 맞는 임기응변의 대응을 할 수 없었을 것이다. 예선을 운 좋게 2위로 통과한 것이 그 뒤의 경기력을 좌우한 것은 틀림없다.

영국전은 런던 올림픽이 선수에게 얼마나 힘든 것인지 보여줬다. 영국을 상대로 피지컬로 정면승부 한 한국이었지만, 경기 시작 7분 만에 오른쪽 사이드백 김창수가 오른 팔목이 부러져서 교체되었다. 오재석이 대신 경기장에 들어갔다.

시작하자마자 나온 부상 탓에 한국 벤치도 어수선해졌다. 수많은 경험을 한 홍명보 감독도 동요를 감추지 못했다. "나를 비롯한 스태프 모두 흥분 상태였다"고 지휘관 자신도 인정했다.

그런 혼란을 민감하게 알아차린 이케다는 오재석을 불러서 이렇게 귓속말을 했다.

"네 자신을 믿고 경기에 나가."

오재석 자신도 '홍명보 감독님하고 세이고 코치님과 지내는 마지막 대회다. 내 힘을 100% 다 내자'고 강하게 마음먹고 올림픽 무대인 경기장에 섰다.

　이러한 동기부여를 할 수 있을지 없을지로 선수의 일거수일투족은 크게 바뀐다. 홍명보 감독도 "세이고 코치가 선수들을 확실하게 컨트롤해줬다"고 감사의 말을 남겼듯이 오재석도 평정심으로 경기할 수 있었다. 평소처럼 헌신적인 모습을 보여준 제자의 모습을 보고 이케다도 일단 안도의 한숨을 내쉬었다. 오재석이 투입된 덕인지 한국은 전반 29분에 지동원이 골을 넣었다. 기대하던 선제골이 터졌다.

　여기서부터 영국은 홈 관중의 응원을 받으면서 반격에 나섰다. 36분에 애런 램지(아스널)가 PK로 동점 골을 넣었다. 그 뒤 후반 15분이 지나 상대 선수와 충돌한 수호신 정성룡이 오른쪽 어깨를 다쳐서 그라운드를 떠났다. 이로써 교체 카드 두 장을 예기치 않게 써버린 홍명보 감독의 경기 계획은 변경할 수밖에 없었다. 이 상황에서도 한국은 강한 몸싸움으로 맞서며 1-1로 연장전을 마쳤고 결국, 승부차기까지 끌고 갔다.

　여기에서 눈에 띄는 존재감을 발휘한 선수가 제2의 골키퍼 이범영이었다. 그가 영국의 다섯 번째 키커 다니엘 스터리지(리버풀)의 슛을 완벽하게 막았던 것이다. 한국은 다섯 번째 키커 기성용이 확실하게 골을 넣어 승부차기 5-4로 개최국을 멋지게 눌렀다. 이 경기에서 이겨서 한국팀의 결속력은 더 강해졌다. 그들이 메달을 따는 데 큰 힘을 얻은 것이다.

그러나 홍명보와 이케다를 비롯한 스태프에게 4강 진출의 환희에 취하고 있을 틈은 없었다. 다음 상대는 세계 최강의 명성으로 드높은 브라질이었기 때문이다. 3일 후 8월 7일, 맨체스터에 있는 올드트래퍼드에서 그들과 대결이 확정되었다. 김창수라는 주축 선수는 이제 기용할 수 없다. 그를 귀국시키고 다른 선수를 추가소집 할지 아니면 그를 대동하고 남은 두 경기를 17명으로 싸울지……. 이것은 선수에게 병역면제도 엮인 중대한 문제였다. 이 결단을 내리는 데 이케다도 고민에 빠졌다.

"김창수가 못 뛰면 오른쪽 사이드백으로 내보낼 수 있는 선수는 오재석 하나뿐이다. 만약 브라질전이나 그 뒤의 경기에서 그가 다치면, 공백을 메울 선수가 없다. 그렇다고 해서 대체 선수를 부르면 김창수는 메달을 따도 병역면제를 받지 못하게 된다. 팀닥터는 수술해야 할 부상을 안고 뛰는 것은 절대로 안 된다고 말했고, 결단은 홍 감독에게 넘어갔습니다."

지휘관은 이케다에게 이렇게 물었다.

"세이고 코치님, 어떻게 할까요?"

"당신과 같은 생각입니다." 하고 이케다는 간단하게 답했다.

이 직후 홍명보 감독은 김창수가 있는 곳으로 가서 강하게 한마디 했다.

"너도 함께 다음 경기에 간다."

김창수가 울음을 터트리자 다른 선수들도 기쁨에 겨워 환호했다. 김창수가 남았으면 좋겠다……. 그것이 팀으로서 한마음 한뜻이었다. 홍명보 감독은 선수들의 마음을 잘 이해하고 있었던 것이다.

"17명으로 싸운다는 것은 정말 위험부담이 큰 일이었습니다. 필드플레이어 중 퇴장 선수가 나오면 팀 전체가 무너질 수도 있었으니까요. 그래도 홍 감독은 선수들이 무엇을 원하는지 금세 꿰뚫어 봤어요. 그만큼 강한 신뢰관계를 선수들과 쌓을 수 있는 감독은 대단한 거죠. 저는 속으로 그렇게 생각했어요. 이 결단이 있어서 한국은 동메달을 땄다. 그렇게 말해도 지나치지 않아요." 하고 이케다는 다시 회상했다.

그렇지만, 3-4위전은 이케다의 모국 일본과 싸워야 했다. 선수들 마음속에 한 점의 구름도 없지는 않았다. 브라질전에서 그다지 좋은 모습을 보이지 못했던 오재석은 책임을 강하게 느끼고 있었다. 그런 그를 보다 못해 이케다는 자기 방으로 불러서 웃으며 이렇게 말했다.

'동메달이 걸린 싸움이 한일전이 된 것은 네 탓이 아니야. 내가 한국 대표팀 일을 시작한 첫 대회에 한일전이 있었고, 이번 올림픽 마지막도 한일전이 된 것은 운명이라고밖에 할 수 없어. 너는 이 큰 경기에서 기회를 잡았어. 그것만으로도 행복한 일이야."

조용한 표정으로 이렇게 말하는 이케다의 모습에 힘을 얻은 오재석은 무거운 마음이 가셨다.

이 안도감은 다른 선수들에게도 전해졌음이 틀림없다.

이렇게 다시 하나가 된 한국은 앞에서 언급한 대로 영원한 라이벌 일본을 이기는 데 성공한다. 몇 차례의 고비를 넘어서 한국 올림픽 대표팀은 세계 3위라는 눈부신 칭호를 손에 넣었던 것이다.

한국과 일본 축구가
나아가기 위한 나침판

이케다 세이고 같은 피지컬 코치가
한국에서 나오려면 20년은 걸릴 것이다.

▌ 햇수로 5년 넘게 한국 축구계에 몸을 담고 있으면, 한국과 일본의 차이가 자연스럽게 보인다. 이케다가 다수의 한국인 선수를 보고 가장 인상에 남는 것은 승리를 향한 욕구와 헝그리 정신, 그리고 강한 정신력이었다.

"한국의 지도자는 어떤 팀에서나 강하게 승리에 집착합니다. 진다는 것은 직장을 잃는 것을 의미합니다. 완전히 약육강식의 세계지요.

일본의 많은 지도자는 팀에 따라 '내용 50%, 결과 50%'라는 감각으로 경기하기도 하지만, 한국은 어떤 팀에서나 '결과 90%, 내용 10%'라고 해도 과언이 아닙니다.

이는 선수도 똑같아요. 대표팀에서 활약하거나 해외에서 뛰는 선수들은 모두 경쟁에서 이긴 엘리트 중의 엘리트입니다. 그들은 어떻게 해야 이길지를 항상 최우선으로 생각해요. 그것이 일본과 큰 차이라고 느꼈습니다."

한국 축구계에 승리지상주의가 뿌리 깊게 남아 있는 것은 역사나 문화적 요인에 기인한 면이 크다고 한다. 과거 오이타트리니타 감독을 맡기도 했던 대한축구협회 기술위원장 황보관도 "축구는 민족성과 문화가 깊게 반영된다"고 말했다.

대륙의 끝에 있는 한국은 침략당하는 역사를 되풀이해 왔다. 그래서 그들에게 스포츠는 '국력'이라는 의미가 강하다. 스포츠 선수는 엘리트 교육을 받고, 한 줌밖에 안 되는 자만이 성공한다. 스포츠가 무도에서 시작되어 인간교육의 근간이라는 경향이 강한 일본과는 근본적으로 가치관이 다른 것이다.

한 예를 들자면 대한축구협회에서는 13세 이하부터 20세 이하까지 연령대별 대표팀에 연령별 상비군 제도를 운영하고 있다. 동일 연령대에서 유망주를 100명에서 70명으로 추리고 매년 훈련 결과와 연습경기 결과 등을 통해 나이가 들어가면서 50명, 30명, 20명으로 그 수를 줄여간다. 최종적으로 대표로 경기에 나갈 수 있는 선수는 겨우 4분의 1이나 5분의 1밖에 안 되는 좁은 관문이다.

대한축구협회 기술위원장 황보관. 한국과 일본 축구를 모두 경험한 그는 축구의 가치관 차이를 설명했다.

"큰 대회가 많기는 하지만, (대회가 없으면) 연간 4회 정도 소집을 합니다. 선수들은 자기가 언제 팀에서 탈락할지 모르기 때문에 아주 높은 집중력으로 뛰죠. 다른 선수들을 꼭 이기겠다는 마음도 강합니다. 어릴 때부터 생존경쟁의 혹독함을 알게 하는 면에서는 효과적인 방법이죠."

황보관도 이렇게 말했듯이 여기서 살아남은 선수들의 정신력은 당연히 강할 수밖에 없다.

한국의 주요 유소년 축구 대회가 아직도 토너먼트 방식 중심인 것도 승리지상주의의 결과라고 할 수 있다. 일본에서는 리그 방식을 채택해서 수많은 경기를 통해 선수를 키우려는 움직임이 있다. 반면, 한국은 여전히 '단판 승부에서 이긴 자가 진정한 강자'라는 생각이 태반이다.

잘 생각해보면 월드컵의 조별예선 이후 토너먼트도, 세계 대회의 출전권이 걸린 경기도 단판 승부다. 중요한 길목에서는 토너먼트 방식을 피해서 갈 수가 없다. 오재석이 "한국 선수들은 어린 시절부터 토너먼트를 많이 겪어 와서 토너먼트에 강하다고 봐요"라고 말했듯이 한국 선수는 유소년 시절부터 쌓인 경험 덕분에 압박을 받는 상황에서 절대적으로 강한 모습을 발휘하는 것이다.

이케다도 이 의견의 중요성에 관해 언급했다.

"런던 올림픽 3-4위전에서 한국이 일본에 이겼을 때, 많은 일본인이 '한국 선수들은 병역면제가 걸려 있어서 필사적으로 뛴 것이다'고 지적했습니다. 그러나 그들의 의욕을 높인 것은 병역면제만이 아니라고 봐요. 오히려 병역면제가 걸려 있어서 선수들은 결정적인 장면에서 너무 신중하게 하다가 기회를 놓치거나 안전한 플레이를 선택하는 등, 평소보다 과감함이 부족했어요. 그래도 이겼던 것은 역시 '무조건 이겨야 한다'는 자세로 수많은 경기를 뛴 경험 덕이라고 봅니다.

일본에서는 리그제가 중심이 되어서 선수들이 뛸 수 있는 경기 수는 늘었어요. 그건 좋은 일이지만, 단판 승부의 중요성을 잊으면 안 됩니다. 일본축구협회도 유소년 리그제와 토너먼트제의 장단점을 더 진지하게 검토해야 할 시기가 왔다고 봅니다."

일본 축구계에서는 2011년 카타르에서 열린 아시안컵 준결승

(승부차기 일본 승)과 같은 해 8월에 열린 한일전(3-0 일본 승) 이후 '한국을 넘어섰다'며 아시아 맹주 자리에 올랐다는 자부심이 있는 것 같다. 그러나 젊은 세대를 보면 2012년 이란에서 열린 AFC 16세 이하 대회에서 일본은 한국에 졌다. 같은 해 UAE에서 열린 AFC 19세 이하 대회에서는 한일전이 없었지만, 일본은 8강에서 졌고, 한국은 거친 경기 끝에 우승했다. 그리고 이 팀은 2013년 터키 20세 이하 월드컵에서도 8강 진출했다. 이러한 현실을 받아들이고 유소년을 키우지 않으면 언젠가 일본은 뼈아픈 실패를 맛볼지도 모른다. 이케다 자신도 그런 위기감이 커졌다고 한다.

"2011년 여름에 삿포로에서 열린 한일전 때, 한국 대표팀은 여러 면에서 어려운 상황이었습니다. 박지성과 이영표가 은퇴하는 바람에 리더가 없었고, 그 뒤 주장을 맡았던 곽태휘도 그 당시에는 강한 통솔력이 없었어요. 더구나 조광래 감독의 유럽파 지상주의가 팀 내에 악영향을 끼쳐서 분위기가 가라앉은 상태였다고 한국 언론이 보도했어요.

저는 실제로 그 경기장에 있었는데요. 경기 중에 제가 한국 벤치를 봤더니 대기 선수들은 완전히 포기한 분위기였고, 한 명도 제대로 워밍업하고 있지 않았어요. 그런 상황을 생각하면 그 경기는 전혀 기준이 되지 않습니다. 방심하다 큰 낭패를 볼 수 있다고 생각해요.

대한축구협회에서는 어린 세대에게 악조건에서도 다부지게 뛸수 있도록 파주 트레이닝센터에 잔디가 듬성듬성한 경기장을 만드는 것까지 검토했다고 들었습니다. 아시아에는 잔디가 제대로 나지 않고 패인 경기장도 많죠. 최악의 환경에서도 싸울 수 있도록 준비하려는 것입니다.

아시아를 넘어서야 세계 무대로 갈 수 있습니다. 세계 무대만 보다가는 발목을 잡힐 수 있어요. 일본 선수는 '음식이 달라', '공이 달라', '잔디가 달라' 하고 당황하면서 다른 환경에서 제 실력을 내지 못하는 경우가 많습니다. 완벽한 환경에서 준비하는 것도 중요하지만, 예상 밖의 환경 변화에도 대응하는 것도 중요합니다. 강인한 정신력도 겸비시키는 일도 필요하겠죠."

한국인에게는 강인함, 격렬함, 승리를 향한 열정이라는 장점이 있다. 반면 일본인에게는 섬세한 기술과 상황에 맞는 정확한 판단력, 그리고 남을 위해서 몸을 희생하는 헌신적인 정신력이 있다. 1995년 이케다가 피지컬 코치의 기술을 더 배우기 위해 이탈리아에서 유학했을 때, 현지 관계자는 일본인의 강점에 대해 칭찬했다.

"당시 AC밀란에는 이탈리아인으로 유도 세계선수권 무차별급에서 우승한 브루노 씨가 멘탈 어드바이저로 있었는데, 그와 밀라노에서 만났어요. 이 당시 일본은 도하의 비극(이라크전에서 종료 직전에 동점 골을 먹고 미국 월드컵 출전권을 놓친 일)을 겪고 아직 월드컵 출전 경험이 없는 나라였지만, 그래도 그는 '일본이 세계 제일이 되는 날은 곧 올 것이다'고 했어요.

고도칸(講道館-일본의 유명한 유도 도장)에서 3년 동안 유학한 적이 있는 브루노 씨는 일본인의 근면함을 잘 알고 있었죠. '일본인은 남을 위해 일을 잘하고 하나로 잘 뭉친다. 이것은 팀 스포츠를 하는 데 가장 중요한 것이다. 일본은 그런 정신이 일상에 배어 있다. 그런 정신력은 이탈리아 사람이 돈을 내도 못 산다'고 그가 보증했어요.

홍 감독은 몇 번이나 일본과 싸웠고 실제로 일본에서도 뛰어봤기 때문에 일본의 장점을 피부로 느꼈습니다. 그래서 FOR THE TEAM 정신이 없는 선수는 절대로 부르지 않았어요. 그는 일본에서 배운 것을 자기 팀을 만드는 데 환원한 겁니다."

일본의 장점을 도입하려고 한 것은 홍명보 감독만이 아니었다.

한정된 엘리트 학교에서밖에 축구를 할 수 없었던 한국에도 축구 클럽이 여러 개 만들어져 풀뿌리 축구의 재능들을 키우려는 움직임이 나오고 있는 것도 그 일환이다.

그리고 한국에도 구자철이나 기성용 같은 테크니션이 연이어 나오고 있다. 그 계기가 된 것이 90년대 후반 일본에서 차례로 두각을 나타낸 오노 신지(웨스턴시드니)와 나카무라 슌스케(요코하마F마리노스)의 존재였다고 한다. 일본이 창의성 있는 10대 미드필더를 계속 배출하자 한국도 일본에 기술의 중요성을 배운 것이다.

　이처럼 한일 양국은 어느 시대에나 서로 자극하고 영향을 주면서 발전했다. 끊으려야 끊을 수 없는 관계라고 할 수 있다. 그래서 서로의 장점을 존중하고 좋은 것을 흡수하면서 독자적인 문화를 구축할 필요가 있다.

　각자의 특징을 인정하고 서로 영향을 주는 중요성은 홍명보 감독도 강조하는 점이다.

　"한국과 일본은 완전히 다른 형태의 축구를 하고 있습니다. 그 안에 좋은 면, 나쁜 면이 있어서 서로 자극을 주고받으면 각자 더 좋은 형태로 성장할 수 있다고 확신합니다.

　실제로 일본의 기술적 발전은 대단한 부분이 있어요. 다만 기술뿐 아니라 정신적인 면도 높은 수준으로 끌어올려야 세계의 벽을 넘을 수 있습니다. 개인적인 능력은 아직 세계 정상급과는 차이가 있지만, 한 명보다 두 명, 세 명, 팀으로서 조직적으로 싸우면 충분히 이길 수 있어요. 정말 강한 팀은 팀의 힘이 가장 중요한 부분이 아닐까 생각합니다.

　저는 개인적으로 두 나라가 아시아 축구를 끌고 가야 한다고 봅니다. 이를 위해서도 두 나라가 자주 교류하는 것이 중요하지 않을까요."

　황보관 기술위원장도 일본에서 얻은 플러스 요소를 활용하여 한국다운 축구란 무엇인지를 지금 열심히 찾고 있다고 한다.

"옛날 한국에는 차범근, 최순호, 황선홍, 최용수, 이동국 같은 대형 스트라이커가 늘 있었어요. 그 뒤 시대가 바뀌면서 테크닉이 뛰어난 미드필더가 늘어났고 대형 공격수가 줄어들었습니다. 박주영도 옛날 스트라이커와는 다른 타입이고, 장신의 지동원도 순수한 공격수가 아니라 미드필더에 가깝습니다. 그런 의미에서는 일본과 상황이 거의 비슷해요.

FC서울의 김현성처럼 외국인 공격수에게 밀려서 출전 기회를 잡지 못하는 장신 스트라이커도 있기는 합니다. 한국인 공격수의 '이기려면 반드시 골을 넣어야 한다'는 강한 의식도 성장을 방해하는 부분도 있다고 봐요. 그것을 어떻게 할지 생각하는 것이 우리 대한축구협회의 일이라고 생각합니다.

수비진에서도 장신 센터백은 풍부해서 당분간 걱정 없는 상태이지만, 사이드백 인재가 적어요. 이 부분은 현재 일본과 정반대죠. 이처럼 한국과 일본은 각각 상황이 달라서 자신들이 갈 길을 확실히 정해야 합니다. 기회가 있으면 일본축구협회와 정보교환을 해도 좋다고 개인적으로 생각합니다."

아시아축구연맹(AFC)은 '2022년 월드컵에서 아시아 팀을 우승시키고 싶다'는 목표를 내걸었습니다. 런던 올림픽 3-4위전이 끝나고 도핑 테스트를 함께 받았던 오재석과 키요타케도 "2022년 월드컵에서는 결승에서 만나자"고 서로 맹세했다고 합니다.

이를 달성하기 위해서라도 한일 양국이 절차탁마하면서 유익한 부분은 서로 협력하는 관계가 되는 것이 좋다. 2013년 J리그에는 60명 정도의 한국 선수가 뛸 정도로 인적 교류가 활발하다.

한일 양국 축구 사정에 밝은 이케다는 분명히 두 나라의 다리가 될 수 있는 인재이다. 이케다의 '제1 제자'라고 자칭하는 오재석도 이에 동의한다.

"세이고 코치님과 만나기 전에는 J리그에 간 선수로부터 일본에서 좀 냉대당하거나 문화와 언어 면에서 고생한다는 이야기를 듣고 일본에 대해 그다지 좋은 인상은 아니었어요. 하지만 홍명보 감독님이 강하게 믿는 세이고 코치는 정말 훌륭한 분이었어요. 코치님은 제 축구 인생 최고의 지도자예요. 일본의 세이고 코치님에 대한 이해가 더 깊어졌으면 하는 바람이 큽니다.

저는 반일감정보다 세이고 코치님을 만든 일본이라는 나라, 일본의 환경, 일본축구협회와 J리그 분들에게 감사하고 있습니다.

세이고 코치님처럼 선수 출신이면서 선수의 마음을 이해하고, 정신적인 치료와 경기 분석, 기술, 전술 지도까지 할 수 있는 피지컬 코치가 한국에서 나오려면 20년은 걸릴 거예요. 저는 세이고 코치님의 제자이니까 앞으로 괴롭고 힘든 일이 있어도 절대로 도망가지 않을 겁니다."

홍명보 감독도 이케다에게 다시 한 번 감사의 말을 전했다.

"세이고 코치가 와줘서 선수들의 피지컬이 확실히 향상되었어요. 피지컬 컨디셔닝이라는 것은 대표팀 업무 중 가장 섬세한 부분입니다. 이를 책임지고 실제로 효과를 내게 해준 세이고 코치가 고맙고 그를 굳게 믿고 있습니다."

자신을 믿어준 한국 지도자와 선수들에게 자신의 노하우와 경험을 전수하고 일본에 대한 이해를 넓히며 아시아 전체의 축구 수준을 조금이라도 올리려는 그의 노력은 결코 '매국노'로 치부할 수 없다. 앞날을 내다본 선진적인 행보라고 할 수 있다. 이케다 세이고가 해낸 일의 의의는 대단히 큰 것이다.

지금까지 이렇게 단합이 잘 된 팀은 본적이 없었던 것 같다.
그만큼 모두가 팀을 위했다. 또 상대를 배려하는 홍명보 감독의
지도력 또한 그러한 확신을 심어줬다.
누구든 작은 것을 계속 쌓아가다 보면 큰 것에 이르게 된다.
그러나 한두 걸음 걷다 보면 어느 선을 앞두고 물러서고 싶은
생각도 드는 법인데 한국 선수들은 아니었다.

제2장

일본편

아버지께서 어렸을 때부터 재일교포나
한국 사람들과 친하게 지내야 한다고 말씀하셨다.
"한국 사람들은 정이 깊고 훌륭한 사람들이니
그들을 옆에서 도와줘라. 한국과 함께 가야 한다."

이케다 가문의
축구 삼형제 중 장남

아리고 사키 감독으로부터
제안을 받았다.

❚ 1964년 도쿄 올림픽을 4년 앞두고 고도경제성장기의 일본은 활기가 넘쳐 흘렀다. 일본축구협회도 근본적인 수준 향상을 위해 최초의 외국인 지도자인 데트마어 크라머(후에 1991년 1월 한국 올림픽 대표팀 총감독으로 부임)를 데려왔다. 그리고 카마모토 쿠니시게, 스기야마 류이치 등 당시의 재능 있는 선수들을 지도했다. 일본 대표팀이 도쿄 올림픽에서 8강에 오른 것도, 1968년 멕시코 올림픽에서 동메달이라는 쾌거를 올린 것도 이 1960년의 큰 결단이 큰 계기가 되었다고 할 수 있다.

일본 축구계에게 역사적인 해에 이케다 세이고는 굴지의 축구 중심지 우라와에서 태어났다. 이케다 가는 삼형제였다. 장남 세이

제2장 일본편
105

고 밑에 네 살 터울의 차남 나오토, 열 살 터울의 막내 노부야스가 있다. 나오토는 부난 고교 시절, 고교축구선수권 우승을 경험했다. 그 뒤 JSL(Japan Soccer League) 시절의 전일본항공 요코하마 축구 클럽에서 선수로 활약했다. 노부야스는 J리그 출범 당시 우라와레즈에서 활약한 공격수로 유명하다. 그 뒤 지도자로서 우라와레즈의 주니어유스(중학생팀), 유스(고등학생팀)에서 지도를 맡고 있다.

이케다 삼형제는 고향 우라와에서도 유명한 축구 형제였다.

"저는 부모님의 권유로 초등학교부터 고등학교까지 세이보 학원(현 우라와 루터 학원)의 부속 학교에 다녔습니다. 한 학년이 30명 정도의 소수정원으로 구성된 학교였고 축구부에 들어갔습니다. 그 당시 살고 있던 곳이 와라비 시라는, 야구가 번성했던 지역이어서 동네야구도 열심히 했습니다. 와라비 시 대회에서 초등학교, 중학교 모두 우승한 적도 있어요. 그 밖에도 육상 대회에 참가하기도 했고요. 스포츠라면 뭐든지 했지요." 하고 이케다는 어린 시절을 그리워하며 회상한다.

그중에서 축구에 빠져들게 된 인생 최대의 전기는 중학교 3학년 때였다. 고등학교 팀 경기에 나갈 기회가 있었는데, 그 모습을 본 당시 우라와미나미의 감독 마쓰모토 교지로부터 "너 우라와미나에 안 올래?"라고 갑자기 권유받았다. 당시 축구를 무척 좋아하던 소년 이케다의 마음은 크게 흔들렸다고 한다.

"하지만 제가 다니고 있던 학교는 에스컬레이터 방식이라 고교 1학년부터 1년 동안 캐나다에 유학하는 것이 정해져 있었어요. 부모님도 '축구는 유학 갔다 와서 해도 되잖아'라고 강하게 얘기해서 마쓰모토 감독님의 제의를 받아들일 수 없었어요. 결국, 전학을 포기할 수밖에 없어서 저는 캐나다로 가는 길을 선택했습니다."

이케다가 간 곳은 앨버타 주의 에드먼턴이었다. 거기서 1년을 지내며 영어를 유창하게 할 수 있게 되었다. 그 뒤 피지컬 코치로서 브라질, 이탈리아, 한국, 중국 등을 돌며 일할 수 있던 것도 고교 시절 배운 영어가 큰 도움이 되었을 것이다. 아버지의 권유에 그는 깊게 감사했다.

캐나다 유학 당시에는 미국 캘리포니아 대학 로스앤젤레스 캠퍼스(UCLA)에서 장학금 지원 제안을 받았다. 1967년에 북미 축구 리그(NASL)이 창설되어 미국 축구가 갑자기 성행했기 때문에 그대로 미국에 남아 축구를 하는 것도 젊은 이케다에게는 매력적으로 보였다. 그러나 아버지는 이케다의 장래를 생각해서 "일본 대학에 들어가는 편이 좋아. 돌아와"라며 완고했다. 그 자신도 아쉬운 마음은 있었지만, 대학 입학시험으로부터 도망가고 싶지 않은 마음이 더 강했다. 와세다 대학을 향한 동경도 있었다. 적갈색 유니폼을 입고 활약하는 자신의 모습을 그리며 이케다는 고교 2학년 가을에 귀국했다.

그로부터 1년 반은 학교가 끝나면 우라와미나미 축구부에 연습하러 다녔다. 마쓰모토 감독의 지도로 동기인 미즈누마 타카시와 나카타 신지와 함께 공을 찼다. 다른 고등학교 학생인 그는 공식 경기에는 나갈 수 없었지만, 학교 단위가 아닌 '국민체육대회'에는 나갈 수 있었다.

1978년 나가노 국민체육대회에서 이케다는 사이타마 현 대표로 선발되어 처음으로 전국대회를 경험했다. 재능 있는 선수들이 모인 사이타마 선발팀은 순조롭게 승리를 거듭했지만, 요시다 야스시를 보유한 도쿄 선발팀에 8강에서 지고 만다. 요시다는 득점 감각이 뛰어난 공격수였으며, 특히 PK를 얻어내는 데는 전문가였다. 설마 그 선수와 와세다 대학에서 콤비를 이룰 줄은 이케다 자신도 상상하지 못했던 일 같다.

다음 해 봄에 염원하던 와세다 대학 교육학부 체육학과에 합격했다. 와세다 대학의 히가시후시미 그라운드에 가자 지난해에 대결했던 요시다가 있었다. 요시다뿐 아니라 지금까지도 가깝게 지내는 친구 조후쿠 히로시도 있었다. 3학년에는 초대 '아시아 대포'로 이름을 날리게 될 하라 히로미, 4학년에는 일본 대표팀을 처음으로 월드컵으로 이끌게 되는 오카다 타케시, 여러 J리그 팀에서 제너럴 매니저를 역임하게 되는 야스이 나오 같은 인재가 있었다. 과연 일본 축구계의 인재공급원이었던 와세다 대학다웠다. 일본

축구의 앞날을 짊어질 동료와 함께 지냈던 나날은 이케다에게 더할 나위 없이 소중한 것이었다.

학생 시절의 이케다는 4-3-3 진형에서 스피드 있는 오른쪽 윙으로 활약했다. 1학년 중에서 유일하게 고려대 원정 멤버에 뽑힐 정도로 평이 좋은 선수였다. 본인은 "지금의 나카토모 유토(인터밀란) 같은 사이드백 역할이 당시에 있었다면, 그 포지션을 맡는 편이 좋았을지 몰라요"라고 젊은 선수 시절을 회상한다.

그런 그의 장점을 끌어내서 축구계에 몸담게 한 사람이 와세다 대학 감독이었던 미야모토 마사카쓰였다. 미야모토는 도쿄 올림픽과 멕시코 올림픽에서 활약한 수비수로 지도자가 되고 나서는 혼다 기연공업 축구부, 가시마앤틀러스, 시미즈에스펄스에서 지휘봉을 잡았던 인물이다. 2002년 한일 월드컵을 앞둔 5월, 63세의 나이로 세상을 뜬 이 위대한 지휘관으로부터 은혜를 입은 선수는 적지 않았다.

이케다도 미야모토 감독에게 감사의 마음을 전했다.

"미야모토 감독님은 '팀을 위해서 싸울 수 있나?'라고 입버릇처럼 말하며 FOR THE TEAM 정신을 철저하게 심어주셨습니다. 축구를 향한 정열도 대단해서 러닝 때 선두에서 달리고 벤치프레스를 해도 선수들보다 더 무거운 중량을 들어 올렸어요.

축구화 같은 축구용품에도 애착이 깊어서 누구보다도 손질에

힘쓰는 모습이 인상적이었습니다. '용품에 감사하고 정중하게 쓰는 일부터 좋은 플레이가 시작된다'고 하는 말은 지금도 마음에 깊이 새기고 있어요."

먼 훗날, 미야모토의 자세가 세계 최고 수준의 선수가 되는 데 필요하다는 것을 이케다는 피부로 느끼게 된다.

2002년 한일 월드컵을 앞둔 1월, 요코하마에서 열린 '액센추어 드림사커 한일 선발팀 대 세계 선발팀' 기념 경기에서 이케다는 1995년 이탈리아 코치 유학 시절 안면이 있는 세계적인 명장 아리고 사키로부터 '세계 선발팀의 피지컬 코치를 맡아 달라'는 제안을 받았다. 팀과 대동했을 때, 월드컵 5회 출전, 우승 1회, 준우승 2회를 경험한 전 독일 대표 주장 로타 마테우스가 경기 후, 헌 축구화를 소중하게 다루고 깨끗하게 닦아서 신발 케이스에 담는 모습을 목격했다.

"마테우스를 보면서 미야모토 감독님의 가르침이 다시 생각났어요." 하고 그는 감상에 젖은 표정을 지었다.

와세다 시절, 이케다에게 후루카와 전공 축구부에서 함께 뛰고, 제프유나이티드, 요코하마F마리노스, 항저우뤼청에서 함께 지도했던 오카다와의 만남도 인생을 크게 바꾼 계기가 된다.

그러나 당시에는 그에게서 그렇게까지 강렬한 인상은 받지 못했다고 한다.

"제가 들어갔을 때, 오카다 선배는 4학년 주장이었습니다. '사려 깊은 사람' 한마디로 말하면 그게 첫인상이었어요.

연습과 경기에서 발휘하는 리더십은 강렬했지만, 그 이외의 시간에는 아주 내성적이었습니다. 다만, 지는 걸 엄청나게 싫어해서 경기에서 지면 말없이 맨 먼저 라커룸에 달려가던 게 생각나요. 한 경기 한 경기 최선을 다하는 자세를 배웠어요. 오카다 선배는 학생 때 일찍 결혼해서 기숙사 생활을 안 했기 때문에 그라운드 밖에서는 거의 만나지 못했어요."

두 사람이 친해진 계기는 오카다가 졸업하고 나서 이케다가 와세다 대 게이오 경기의 티켓 판매 의뢰를 위해 인사하러 갔을 때였다. 두 사람의 25년에 걸친 콤비 결성은 이때가 시작이었다고 해도 과언이 아니다. 이케다는 후루카와 전공에서 뛰게 되고, 오카다와 함께 여러 일을 하게 된다.

부상으로 접은
선수 생활

공과 상관없는 곳에서 일어나는
상대의 행위는 용서할 수 없었어요.

▌ 와세다 대학을 졸업한 83년, 이케다는 JSL(Japan Soccer League)의 미쓰비시 중공, 히타치 제작소와 더불어 일본 축구계의 '마루노우치 3대가'(역주-도쿄 치요다구 마루노우치에 본사를 두고 있는 3개 회사를 일컫는 말. 1960년대부터 일본 축구의 엘리트 그룹을 배출하였다) 중 하나인 후루카와 전공에 입사한다.

80년대 일본 축구계는 침체기였다. 디에고 마라도나와 미셸 플라티니로 달아올랐던 세계 축구의 인기와는 멀리 떨어져 있었다. 인기가 있는 경기라고 해야 도쿄 국립 경기장에 6만 명 넘게 몰리는 고교 축구선수권 정도였다. JSL에는 관중이 없는 경기도 적지 않았다.

그래도 후루카와는 역시 명문 중의 명문이었다. 당시 카네코 히사시, 와세다 카즈오, 미야우치 사토시, 나가이 요시카즈, 마에다 히데키, 오쿠데라 야스히코, 오카다 타케시 등 당시 호화 멤버가 즐비해서 인기도 상당히 높았다.

이케다는 후루카와에 입단하겠다는 목표를 달성했고 신인 때부터 JSL 경기에도 나갔다. 간혹 부상에 시달리긴 했지만, 요소요소에서 좋은 움직임을 보여주었다.

당시의 이케다를 오카다는 이렇게 회상한다.

"세이고는 기가 세서요. 물불을 가리지 않고 확 뛰어드는 녀석이라 부상이 정말 많았습니다. 가장 강렬했던 것이 제가 주장을 맡고 있었을 때, 라모스와 싸운 일이었죠. 국립경기장에서 두 팀이 뒤엉켜서 큰 난리가 났죠."

오카다가 회상하는 큰 사건이 일어난 것은 1984년 11월 3일 JSL 우승을 건 승부처에서 만난 요미우리 클럽(현 도쿄베르디) 대 후루카와 경기였다.

이 해의 JSL은 요미우리가 선두를 질주하며 남은 경기에 상관없이 우승을 결정지으려고 하는 상황이었다. 거기서 만난 것이 후루카와였다. 명문 클럽끼리의 팽팽한 기 싸움 앞에 요미우리는 균형을 깨지 못해서 라모스를 비롯한 굴지의 테크니션 집단은 초조해했다. 점점 거친 플레이가 잦아졌다.

후반전에 남은 시간이 얼마 남지 않았을 때, 사건의 발단이 일어난다. 미드필더 선수가 느닷없이 이케다의 다리를 밟아버린 것이다.

"뭐하는 거야!"

이케다는 공과 전혀 상관없는 곳에서 일어난 일에 놀람과 동시에 감정을 폭발했다. 그 직후 왼쪽 사이드백 선수가 뛰어들어 이케다의 다리를 걸어찼고 터치라인을 따라 가버렸다. 연이어서 나온 어이없는 행위에 화가 난 이케다는 그 사이드백 선수를 쫓아가서 자기 진형 골문 앞으로 갔다. 그때 공은 반대쪽 사이드에 있다가 요미우리의 코너킥이 선언되었는데, 이케다와 사이드백 선수가 계속 다투는 것을 보고 있던 라모스는 이케다를 팔꿈치로 때렸다. 세 번 당한 이케다는 화가 머리끝까지 치밀어서 라모스의 다리를 차버렸다. 그 직후 코너킥이 이어졌지만 결국, 일진일퇴로 경기는 끝났다.

경기 중에는 싸움으로 번지지 않도록 참았던 후루카와 선수들이었지만, 종료 휘슬이 울리자 큰 싸움으로 번졌다.

인사 후 라모스에게 뒤에서 차인 이케다가 반격하는 바람에 두 팀은 뒤엉켜서 패싸움했다. 결과적으로 이케다를 비롯한 대부분의 선수가 2게임 출전정지 징계를 받았다. 라모스에 대해서는 내년 3월까지 출전정지라는 중징계가 내려졌다. 당시 프로 지향이었던 요미우리를 일본축구협회와 다른 JSL 팀들이 탐탁지 않게 여겨 라모스에게 분풀이했다는 시각도 있지만, 이것이 진실이라고 한다.

"저는 남보다 배는 지는 걸 싫어해서 욱하는 구석이 있습니다"라고 이케다도 격정을 토로했다. 페어플레이 정신은 지금이나 옛날이나 선수에게 빠뜨릴 수 없는 부분이지만, 알고 있어도 때로는 투쟁심이 넘쳐서 나와 버린다. 그것이 이케다 세이고라는 남자의 진짜 모습인 것이다.

하지만 패싸움으로 번진 것에 대해서는 지금도 깊게 반성한다고 한다.

"경기 중뿐 아니라 경기 후까지 공과 상관없는 곳에서 일어나는 상대의 행위는 용서할 수 없었어요. 하지만 이유가 어쨌든, 축구를 순수하게 즐기려고 오신 관중, 또 어린이들 앞에서 폭력을 행사하지는 말았어야 했어요. 제가 모자라서 정말 면목없는 일을 저질렀습니다."

승부근성이 강한 이 남자가 선수로서 빛을 발한 것은 1985~86년이었다. 후루카와 전공이 1985년 JSL 우승, 1986년 아시아 클럽선수권(현 AFC챔피언스리그)에서 일본 최초로 우승했던 시기였다.

"클럽선수권은 적지인 사우디아라비아에 가서 싸웠기 때문에 특별한 추억이 있습니다. 1986년 말 일왕배에서 계속 승리하던 중에 기권하고 미지의 중동 원정을 떠났으니까요. 개최국이고 우승후보였던 사우디아라비아의 알힐랄은 물론, 이란의 알타라바, 중국의 랴오닝도 강호였어요. 원정의 어려움을 극복하고 그 세 팀과 대결해서 우승했다는 기쁨은 지금도 생생합니다.

더 놀란 것은 받은 메달이 순금이었다는 거죠. 우리 선수들은 금도금이라고 생각했는데, 식사 때 통역분이 '이거 진짜야'라고 하길래 놀랐던 기억이 납니다.

그대로 귀국길에 올라 섣달그믐날 때 서울에서 하루 자고 1987년 설날에 귀국했어요. 상쾌한 기분으로 새해를 맞을 수 있었죠."

아시아 최강팀의 일원이 된 이케다는 더 높은 단계를 목표로 하자고 의욕을 불태웠다. 그런데 30세를 코앞에 둔 1989년 8월 그는 JSL컵의 신닛테쓰전에서 치명적인 부상을 당한다. 오른쪽 대각선 뒤에서 상대의 태클을 받아 오른쪽 무릎의 십자인대가 손상된 것이다. 요즘이라면 즉시 수술을 해야 하는 중상이지만, 이 당시는 아직 최선의 치료법이 나오지 않았다. 이케다는 주위와 상담한 끝에 보존요법으로 치료하는 선택을 한다.

"같은 팀의 선배 요시다 히로시가 저보다 먼저 무릎의 십자인대를 다친 적이 있는데요. 수술이 아닌 보존요법으로 조기 복귀한 선례가 있었습니다. '관절이 단단하고 근력도 강한 선수는 무릎이 잘못되지 않는다. 너도 괜찮을 거야'라고 의사도 판단해서 저도 수술을 피했습니다. 저로서는 같은 포지션이고 등번호 11을 물려준 선배 나가이 요시카즈가 현역 은퇴한 다음 해였기 때문에 무조건 빨리 복귀하고 싶었어요. 결국, 한 달 반 만에 경기장으로 돌아왔죠.

제 몸 상태도 좋았고, 얼마 동안은 코너킥과 프리킥을 차도 전혀 문제가 없었어요. 그러던 어느 날, 뚝 하는 소리와 함께 무릎이 나가버렸어요. 간단히 치료하고 실전에 나가면 또 나가버리는 일이 되풀이되었습니다."

이 심각한 부상 탓에 이케다는 만족스럽게 뛸 수 없었다. 마음만 조급할 뿐, 몸이 말을 듣지 않았다. 어찌할 수 없는 괴로움에 계속 시달렸다. 본인은 좀 더 뛰고 싶다는 마음이 강해서 회복할 방법을 찾았지만 망가진 무릎에 이길 수 없었다. 결국, 이케다는 1989년 시즌을 마지막으로 유니폼을 벗기로 하고 조용히 그라운드를 떠났다.

피지컬 전문가가
없었던 일본

피지컬 코치가 되려면 긴 시간이 필요하다.
전문적인 지식과 경험을 쌓아야 한다.

▌유니폼을 벗은 이케다는 후루카와 전공의 사원으로 돌아갔다. 홍보과, 영업과 등에서 일반 업무를 하면서 그는 피지컬 컨디션을 담당하는 전문 코치가 되고 싶다는 열망이 있었다.

특히 자신이 20대 후반을 부상에 시달리면서 보냈고 큰 부상으로 선수 생활을 접었기에, 부상을 막고 강인한 몸을 만드는 전문가가 필요하다고 절실히 느꼈기 때문이었다.

"저는 천성이 지는 걸 싫어해서 이기려는 마음이 정말 강했어요. 기교파 타입이 아니라 강인한 플레이가 주특기인 선수여서 아무래도 부상이 많았죠. 후루카와 시절도 그런 자세 탓에 마이너스가 되는 일이 많았고, 부상을 달고 지냈어요.

저 같은 선수가 적지 않아요. 와세다 대학 교육체육과 있을 때도 해부학, 운동생리학, 바이오메커니즘 등을 공부하면서 '왜 난 부상만 당할까?'라고 자주 고민했어요. '좌우 밸런스가 무너지면 부상으로 이어지기 쉽다'는 지적도 있어서 그런 부분을 더 깊이 분석할 필요가 있다고 생각했어요.

저처럼 부상 탓에 눈물을 머금고 그라운드를 떠나는 선수를 한 명이라도 줄이기 위해서 피지컬 코치는 꼭 필요하다고 절실히 느꼈습니다."

1990년 무렵의 일본 축구계에서는 트레이너와 마사지사를 똑같이 봐서 선수의 컨디션을 올리거나 회복 훈련 메뉴를 짜는 전문가가 없었다. 선수도 오른발을 다치면 왼발로 절룩거리면서 공을 줍는 일이나 물을 준비하는 일 등을 하는 것이 보통이었다. 부상자만 별도 관리한다는 발상은 전혀 없었고, 다친 몸이라도 팀에 나와서 어떤 형태로든 공헌해야 한다는 생각도 뿌리 깊었다.

이케다는 이런 관행을 어떻게든 바꾸고 싶었다.

어느 날 후라카와의 감독이었던 카와모토 오사무에게 이 뜨거운 마음을 쏟아내자 이런 반응이 돌아왔다.

"카와모토 감독님은 처음에 '어시스턴트 코치 할래?'라고 제안해주었어요. 그래서 속으로 열망해왔던 '피지컬 코치가 되고 싶다'는 이야기를 하자 '그 역할이 일본에 필요할까? 아직 좀 이른 거

아닐까?' 하고 반문하셨어요. 그래도 제 생각을 부정하지는 않고 '그럼, 어시스턴트 코치를 하면서 장래를 위해서 공부해도 좋아'라고 긍정적으로 말씀해주셨죠. 이때는 정말 고마웠어요."

후루카와의 선배인 오카다 타케시 코치도 좋게 받아들였다고 말한다.

"90년대 초까지 피지컬의 강화는 일반 코치가 하는 것이 보통이고 피지컬 전문 지도자라는 역할은 아예 없었어요. 저도 그런 지식이 전혀 없어서, 일본의 스포츠 컨디셔닝 과학의 권위자인 도쿄 대학의 토가리 하루히코 교수에게 젊은 코치 약 10명과 함께 월 1~2회 공부한 게 다였으니까요. 그런 상황이라서 세이고의 생각은 '좋은 시도'가 아닐까 하고 생각했죠."

이해심 있는 선배들이 밀어준 덕에 이케다는 1991년 봄 토가리 교수에게 찾아가서 가르쳐 달라고 간청했다. 결국, 사원의 신분을 유지한 채, 대학 연구실에 다닐 수 있게 되었다. 오전에는 대학에서 공부하고 오후에는 후루카와의 훈련에 참가하는, 유익한 시간을 보낼 수 있었다.

"요즘 같으면 그렇게 좋은 대우는 절대로 받지 못했을 거예요. 최고의 환경을 마련해준 회사에 정말 감사하고 있습니다. 저는 후루카와 덕분에 피지컬 코치로서 첫발을 내딛을 수 있었어요. 그 생각을 하면 지금도 관계자를 향해 발을 뻗고 잘 수가 없어요."

1년 동안 착실히 스포츠 과학을 체계적으로 다시 공부해서 이케다는 풍부한 지식을 얻었다. 1992년부터 동일본JR후루카와 축구 클럽(현 제프유나이티드)의 감독이 된 나가이 요시카즈는 이케다의 실력을 높이 평가해서 컨디셔닝을 전면적으로 맡겼다. 30세 초반의 젊은 나이였지만, 신인 코치 마음속에서는 확실한 자신감이 자라나고 있었다.

브라질 대표팀 피지컬 코치의 파격적인 제안

브라질의 모라시 산타나가
나의 스승이다.

▎ J리그 출범이 코 앞에 닥친 1992년, 한스 오프트 감독이 이끄는 일본 대표팀은 히로시마 아시안컵에서 사상 최초로 우승했다. 이 시기에 이케다는 모라시 산타나라는 명 피지컬 코치와 만난다. 모라시는 브라질, 사우디아라비아, 아랍에미리트 대표팀에서 월드컵을 여섯 번이나 경험한 브라질 지도자였다. 1990년대 초 세계 최고의 경력을 자랑하는 피지컬 코치라고 해도 과언이 아니었다.

소개해준 사람은 이케다의 와세다 대학 시절 은사였던 미야모토였다. 그와 모라시는 오랜 친구 사이였던 것 같다.

"오쿠데라 야스히코가 독일로 이적하기 전인 1970년대 후반이었을 거예요. 미야모토 씨가 오쿠데라를 데리고 브라질의 명문팀

파우메이라스에 유학했을 때, 알게 된 사람이 모라시였습니다. 그 뒤로 10년 넘게 교류가 있었던 것 같아요. 1992년 토요타컵(현재의 클럽월드컵)에 그가 상파울루FC의 피지컬 코치로서 일본에 오게 되었다. 미야모토 씨가 '모라시라는 위대한 코치가 오니까 소개해 주지'라고 말씀하시길래 저는 호텔까지 기쁨에 겨워 뛰어갔던 기억이 있습니다." 하고 이케다는 흐뭇하게 회상했다.

좀처럼 만날 수 없는 인물로부터 '브라질 현장을 보러 오겠느냐'는 예상하지 못한 말을 들어서 가지 않을 수 없었다.

J리그 출범 직전인 1993년 1월, 이케다는 난생 처음 축구 왕국의 땅을 밟았다.

우선 상파울루FC를 방문해서 실제 트레이닝을 볼 좋은 기회를 얻었다. 상파울루는 토니뉴 세레조, 카푸 등 스타를 보유한 팀이었고 1992년과 1993년에 연이어서 코파 리베르타도레스에서 우승했다. 토요타컵에도 연속 참가해서 1992년에는 FC바르셀로나, 1993년에는 AC밀란을 차례로 격파하고 세계 최강 클럽의 자리에 올랐다. 이 세계 최고의 팀에서 토가리 교수에게 배웠던 이론을 현장에서 적용할 때 어떤 차이가 있는지 비교할 수 있게 되어 이케다는 아주 충실한 나날을 보냈다.

"모라시는 자기가 가진 노하우 전부를 숨김없이 저에게 알려주었어요. 가령 선수를 최고의 상태로 만드는 방법의 경우, 타입이 다른 각 선수의 특성에 따라 다른 접근이 필요하다는 겁니다.

훈련할 때 모라시가 한 선수의 달리는 횟수를 줄이길래 왜냐고 물었더니 '저 선수의 표정을 잘 봐라. 피곤하다는 것을 모르겠니?' 라고 담담하게 답하더군요. 모라시는 선수의 얼굴빛과 움직임을 빠짐없이 관찰하면서 트레이닝의 양과 부하를 미세하게 조절했어요. 피지컬 코치에게는 그런 눈과 유연성이 필요하다는 것을 통감했습니다.

제가 가진 기초지식과 이론이 트레이닝과 합쳐지면서 체계적으로 모든 것을 파악할 수 있었습니다." 하고 이케다는 자극적이었던 날들에 관해 회상했다.

브라질의 명 피지컬 코치 모라시 산타나의 지시를 받고 있는 호나우두

한 달 가까운 브라질 단기유학을 마치자 다음에는 J리그 출범을

앞둔 제프유나이티드의 말레이시아 캠프가 기다리고 있었다.

지휘봉을 잡은 나가이 요시카즈와 함께 이케다는 브라질에서 배운 훈련 메뉴를 선수들에게 하나하나 적용했다. "세계 최강 수준의 선수들과 같은 트레이닝을 시키면 제프는 분명히 강해진다"고 믿어 의심치 않았기 때문이다.

그러나 일본 선수들은 브라질 선수들과 같은 연습을 소화하지 못했다. 합숙하는 호텔 방에서 맥주캔이 굴러다니고 담배꽁초가 수북이 쌓이는 등, 도무지 프로 선수와는 거리가 먼 상황이었다.

그러던 중, 1993년 5월 15일 도쿄 국립 경기장에서 열린 요코하마F마리노스 대 베르디가와사키 경기를 시작으로 J리그가 개막했다. 제프유나이티드도 전 독일 국가대표 리트발스키 같은 유명 선수를 데려와서 다음날, 기념비적인 J리그 첫 경기 산프레체히로시마전에 임했다. 그러나 개막전부터 1-2로 지면서 결과를 내지 못했다. 이케다는 가진 지식의 전부를 쏟아서 세계 정상급 수준의 훈련을 시켰지만, 선수들의 신체능력이 크게 향상되지는 못했다. 경험 부족과 함께 선수들의 의식이 아마추어에서 벗어나지 못했기 때문에 어려움은 당연했던 것일지도 모른다. 그런 상황인데도 나가이 감독은 아무 말 없이 30대 초반의 젊은 피지컬 코치에게 컨디셔닝을 계속 모두 일임했다.

"나가이 감독이 저에게 아무 말도 안 해서 오히려 책임감이 컸습니다. 어떻게든 해내야겠다는 마음이 강해질 따름이었지요"라고 이케다는 당시의 괴로운 심정을 토로했다.

"프로 리그가 생기고 경기장에 갑자기 관중이 몰려들어 성황을 이루니 선수들이 들뜨는 것도 어쩔 수 없는 일이었죠. 그래도 나가이 감독은 '결과는 마음 쓰지 말고 해봐'라고 늘 긍정적이었어요. 실제로 몇몇 선수는 신체능력이 눈에 띄게 좋아졌어요. 그러나 제 실력이 부족해서 팀 상황에 맞는 컨디셔닝을 잘 해내지 못했어요. 현실은 아주 가혹했습니다……

당시 J리그는 골든골(V골) 방식인데다가 연장전까지 120분 안에 승패가 갈리지 않으면 승부차기를 하는 등, 경기 시간이 일정하지 않아서 피로도도 경기에 따라 제각각이었어요. 그 점도 피지컬 코치로서는 어려운 부분이었죠."

결국, 제프는 첫 시즌을 전기리그 5위, 후기리그 9위, 10개 팀 중 종합순위 8위라는 저조한 결과로 마친다. 이케다는 무거운 책임을 느끼면서 1993년 12월을 맞았다. 이때 상파울루FC가 토요타컵에 2년 연속 참가하기 위해 일본에 왔다. 마음의 스승이라 할 수 있는 모라시와 다시 만났다. 오랜 만에 식사를 함께하면서 근황을 얘기하자 그에게서 뜻밖의 제안을 받는다.

"1994년 미국 월드컵에서 브라질 대표팀 피지컬 코치를 맡기로 했는데, 너도 올래?"

"정말 괜찮나요?"

반신반의하며 이케다가 묻자, 그는 바로 휴대전화를 꺼내 대표팀 감독인 카를로스 알베르투 페헤이라에게 전화를 걸어 사정을 설명했다. 이야기가 끝나고 전화를 끊자 모라시는 웃는 얼굴로 이렇게 말했다.

"OK래."

이 이야기를 나가이 감독에게 보고하자 "그런 제안은 자주 있는 게 아니야. 꼭 가라." 하고 흔쾌히 등을 밀어주었다.

하지만 이 나가이 감독은 내년까지 계약기간이 남아있는 상황에서 해고당하고 만다. 후루카와 전공과 JR동일본이라는 거대 기업의 계열 구단에게 8위는 받아들일 수 없는 성적이었던 것이다. 충격적인 사건 앞에 이케다는 깨끗하게 자신도 그만둘 각오를 했다.

"제가 피지컬 코치 일을 자유롭게 하면서 실력을 키울 수 있었던 것은 나가이 감독 덕택이었어요. 나가이 감독의 그런 배포에 반해서 함께하려고 했던 거죠. 그래서 그만둘 때도 같이 그만두고 싶었어요. 피지컬 코치는 감독이 실패하면 함께 책임을 지고 그만두어야 하는 존재입니다. 저는 나가이 감독과 같이 그만뒀어야 했다고 지금도 생각합니다." 하고 이케다는 당시의 후회스러운 마음을 이제야 다시 말했다.

나가이 감독과 같이 그만두고 내년에는 자유의 몸으로 미국에 가려고 결심한 이케다였지만, 후임 감독으로 취임한 키요쿠모 에이쥰은 "너는 팀에 필요한 존재이니까 남았으면 좋겠어"라고 새로운 제안을 받는다. 이를 나가이에게 털어놓자 그는 "그럼 남아서 장래를 위해 경험을 쌓아"라고 잘라 말했다.

나가이의 배려는 그냥 넘어갈 수 없다……. 이케다는 미련이 남았지만, 키요쿠모 감독에게 알았다고 답했다. 단, 피지컬 코치를 계속하는 데 한 가지 조건을 붙였다. 물론 1994년 5~7월 동안 브라질 월드컵 대표팀과 함께하겠다는 조건이었다. 키요쿠모 감독도 이를 승낙했다.

J리그 2년째 업무에 들어갔다. 매일 트레이닝을 실시하면서 미국 월드컵에서 되도록 많은 정보를 얻기 위해 포르투갈어 학원에 다니는 등, 준비에 여념이 없었다.

그런데 월드컵이 다음 달로 다가온 5월에 팀 사정이 바뀌어서 키요쿠모 감독은 "지금 가면 곤란하다"는 말로 갑자기 못을 박았다.

갑작스러운 방침 변경으로 이케다는 더 곤란해졌다. 선배 코치인 오카다, 후루카와 전공 신입사원 시절 광고홍보과 선배로 후에 일본축구협회장이 되는 나가누마 켄과도 상담했다. 결국, 그는 단단히 각오하고 제프의 사장이었던 후쿠다 코헤이에게 사표를 냈다.

"놀랍게도 후쿠다 사장은 '이 사표 맡아둘게. 최대한 많은 것을 흡수해서 돌아와'라며 흔쾌히 보내주었습니다. 저 자신에게도 청천벽력 같은 일이었거든요. 그렇게까지 해서 보내준 것에 정말 머리가 숙여질 뿐이었어요. 돌아왔을 때도 후쿠다 사장은 눈앞에서 사표를 찢더니 '너는 선수 육성에 공헌해라.' 하고 격려해 주었어요. 그 은혜를 잊을 수 없습니다."

이런저런 일 끝에 이케다는 염원하던 브라질 대표팀에 합류하게 되었다.

1994년 월드컵에서
목격한 정점

거짓말처럼 월드컵 내내 브라질 대표팀과 함께했다.
언론에서는 브라질 대표팀에 왜 일본인이 있는지 신기해했다.

▌ 브라질 대표팀의 대회 직전 합숙은 5월 17일부터 시작되었다. 리우데자이네루에 '테레조폴리스'라는 국가대표 트레이닝 센터가 있어서 그곳이 훈련 거점이 되었다. 등가, 호마리우, 베베투, 마우루 시우바, 카푸, 지뉴 그리고 호나우두……. 최고의 선수들이 한곳에 모였다. 우선은 공군의 측정실에서 체력 측정을 했다.

　도약력 등의 최대 파워, 유연성, 유산소 능력 측정 등 여러 신체기능을 이틀에 걸쳐 종합적으로 체크했다. 그 결과에 따라 그룹을 나눠서 대회를 위한 체력 강화가 제로부터 시작되었다. 시작 전에 선수 개개인의 상태를 정확하게 파악하는 것은 피지컬 코치에게 대단히 중요한 포인트였다.

"대표팀 합숙에 합류하기 전의 선수들 상태는 제각각이었어요. 당시 바르셀로나에 있던 호마리우와 데포르티보에 있던 베베투, 마우루 시우바는 합류 직전까지 스페인 리그와 UEFA챔피언스컵 경기를 뛰고 왔어요. 반면, 다른 유럽 리그나 브라질 국내 리그에서 뛰는 선수들은 리그가 빨리 끝나서 아무것도 안 한 선수도 있었죠. 쉬는 기간에 조금이라도 몸을 움직여두면 주력을 어느 정도 유지할 수 있지만, 완전히 쉬기만 한 선수는 잠깐 달리기만 해도 힘듭니다. 파워와 스피드가 뛰어난 선수는 쉬면 쉴수록 지구성(持久性) 능력이 떨어지니까 그런 개개인의 상태를 살펴서 트레이닝 강도를 정해야 합니다. 모라시는 긴 거리를 오래 뛰게 하는 그룹과 짧은 거리를 빠른 페이스로 뛰게 하는 그룹으로 선수들을 나누었어요. 이 방법은 좋은 참고가 되었습니다."

이케다는 2일 뒤부터 시작된, 본격적인 피지컬 트레이닝을 보면서 브라질 대표 선수의 지구성 능력이 얼마나 높은지를 통감했다. 긴 거리를 달리는 것을 힘들어하는 선수는 호마리우와 베베투 정도이고 둥가, 마우루 시우바, 지뉴 모두 잘 달렸다. 월드클래스의 높은 신체능력을 그는 똑똑히 보았던 것이다.

"저는 피지컬 코치로서 일본, 한국, 중국 선수를 직접 지도했지만, 그중에서 '잘 뛰는 선수'는 브라질 대표팀이나 유럽 명문팀 선수들에 견주면 보통 수준에 지나지 않습니다. 한 예를 들자면, '12분간 달리기'라는 훈련이 있습니다. 축구 선수의 경우 3,200m가 하나의 기준입니다. 그 정도 달리지 못하면 90분 동안 풀로 움직일 수 없어요. 세계 정상급 선수들은 아무렇지도 않게 3,500~3,600m를 달립니다. 더구나 카푸는 90초 인터벌의 300m 달리기를 연속 8번 하면 모두 50초 안에 들어와요. 300m 달리기를 한 번 하면 50초에 들어오는 선수는 꽤 있지만, 8번 모두는 상당한 수준이죠. 육상 중거리 선수에 필적할 정도로 경이적인 기록입니다. 그런 수준의 달리기를 몇 번이나 반복할 수 있으니 차원이 다르다고 할 수 있습니다.

기본이 되는 능력이 높으니까 모라시가 어느 정도 몰아 붙여도 브라질 선수들은 여유 있게 힘들이지 않고 늘 편한 상태로 했어요. 일반적으로 기본적인 신체능력이 낮은 선수는 힘든 달리기를 시키면, 100% 힘을 계속 내기 위해 다른 부분에도 힘이 들어가서 피로 회복이 늦습니다. 이 차이는 크지요." 하고 이케다는 말한다.

테레조폴리스에서 약 1주일간 체력강화를 마치고 브라질 대표팀은 1994년 5월 25일에 대회의 베이스캠프인 산호세로 이동했다.

브라질의 조별 리그 장소는 6월 20일 러시아전과 24일 카메룬전이 샌프란시스코의 스탠퍼드 스타디움이었고, 세 번째 경기는 디트로이트의 폰티액 실버돔으로 이동해야 했다. 하지만, 조 1위로 통과하면 샌프란시스코, 댈러스, 로스앤젤레스에서 경기하게 되어 서해안 중심에 머무를 수 있었다. 그런 일정을 가정해서 샌 프란시스코와 로스앤젤레스에서 적응하기 쉽도록 기상조건이 거의 같은 산호세를 거점으로 선택한 것이다.

숙박하는 곳은 높은 울타리로 주위를 둘러싸여 있고, 건물 하나하나가 별동으로 된 방갈로 풍의 호텔이었다. 수영장과 피트니스 시설 등이 마련되어 있어 긴장을 푸는 데는 최적의 환경이었다. 게다가 그들은 2인 1실이었다. 일본에는 "1인 1실이 아니면 못 잔다"고 불만을 터뜨리는 선수도 적지 않은데, 브라질인은 오히려 혼자 있으면 외로워서 안절부절못한다. 2인 1실에서 이야기하며 지내는 것으로 일체감과 연대감이 생겨나는 것이다. 이때까지 월드컵을 3회 우승한 브라질축구협회(CBF)은 어떤 환경을 준비해야 선수들에게 가장 쾌적하고 우승을 할 수 있는지 알고 있었던 것이다.

이케다도 브라질 대표팀을 따라 산호세로 갔다. 연습장 근처의 콘도미엄에 우선 머물고 연습장에 매일 다녔다.

"처음에는 콘도미엄에 있었는데, 오카다 선배의 고교 시절 선배인 아리타라는 분이 그라운드에 있던 저를 찾아와서 '괜찮으면 우리 집에서 하숙하라'고 제안해주셨어요. 캐나다 유학경험은 있었지만, 식사나 이동이 불안했던 저에게 정말 고마운 이야기였습니다.

단지 저는 대회의 정식 AD카드를 가지고 있지 않아서 모든 곳에 다 들어갈 수는 없었어요. 캠프 때는 브라질축구협회로부터 캠프용 AD카드를 받아서 연습장에 들어가거나 호텔에서 모라시를 만날 수 있었지만, 미국에 가서는 정식 AD카드가 없어서 그렇게 할 수 없었어요. 런던 올림픽 때도 그랬지만, 큰 대회에서는 봐주지 않기 때문에 정말 난감했습니다.

그런 사정으로 난감해하던 중, 당시 주앙 아벨란제 FIFA회장의 비서가 아는 분의 친구라서 특별히 FIFA로부터 VIP용 AD카드를 도중에 받게 되었어요. 그 AD카드가 있으면 모든 곳에 들어갈 수 있었습니다. 무더운 미국에서 한 달 동안 장기 레이스를 뛰는데, 브라질 대표팀이 어떻게 에너지를 축적했는지 더 상세하게 체크할 수 있어서 정말 고마웠어요. 이 행운에 감사했고 제 큰 재산이 되었습니다."

이케다도 말했듯이 미국 월드컵을 제패하는 최대의 포인트는 한여름의 불볕더위 속에서 '얼마나 더위를 극복하느냐'였다. 이는 킥오프 시간이 유럽의 황금시간대로 설정된 탓이었다. 브라질의 첫 경기인 러시아전, 두 번째 경기인 카메룬전은 오후 1시로 상식을 벗어나 있었다. 16강부터는 한낮인 12시에 시작되는 경기도 있었다. 그래서 모라시는 대회 직전 합숙에서 지구력을 한계까지 올리려고 일부러 힘든 트레이닝을 집중적으로 실시했던 것이다. 연습경기도 일부러 몹시 무더운 대낮에 치르거나 장시간 트레이닝을 해서 여러 부분에서 무더운 날씨를 철저히 대비하고 있었다.

월드컵에 참가할 대표팀이 베이스캠프로 이동하면, 체력 훈련에서 전술 훈련으로 변경하는 것이 보통이다. 그러나 브라질 대표팀의 지옥 같은 달리기는 산호세에 가서도 계속되었다. 5월이 가고 6월에 접어들어도 연습의 부하는 조금도 내려가지 않았다. 브라질 대표팀을 오랫동안 취재한 베테랑 기자도 "이렇게 혹독한 합숙은 본 적이 없다"고 경탄했다고 한다.

"한여름에도 리그가 진행되고 원래 더위에 강한 브라질인이었기에 이런 훈련 방법이 최선이었다고 모라시는 판단했을 거예요. 서늘한 여름을 보내는 유럽 선수가 같은 훈련을 받으면 몸이 상합니다. 민족과 문화, 기상조건에 맞는 컨디셔닝을 생각해야 한다는 것을 다시 깨달았습니다." 하고 이케다는 목소리를 높였다.

그러나 혹독한 훈련이 계속되면 아무래도 죽는소리를 하는 선수도 나온다. 어느 날 호마리우가 러닝 중에 힘든 것을 못 참고 '난 육상선수가 아니야!'라고 불만을 터뜨렸다. 다른 선수들은 열심히 하고 있는데, 호마리우만이 따로 노는 존재가 된 것이다. 호마리우의 이런 행동을 모라시는 그냥 넘기지 않고 훈련 후에 바로 그를 불러서 1대1로 면담했다.

"1986년의 마라도나, 1990년의 스킬라치에 이어 1994년의 호마리우가 되고 싶지 않나? 지금 필요한 것은 피지컬 트레이닝을 열심히 하는 것

뿐이야."

　수완 좋은 코치의 한마디가 가슴을 흔들었을 것이다. 호마리우
는 다음날부터 사람이 바뀐 것처럼 적극적으로 달리기를 했다. 단
하루 만에 선수를 의욕이 충만한 상태로 만드는 것을 보고 이케다
도 무척 놀랐다. 컨디셔닝에서 멘탈이 차지하는 요소가 얼마나 큰
지……. 그 중요성을 생생히 볼 수 있는 장면이었다.

　호마리우와 모라시의 대화를 보면서 피지컬 코치라는 것은 어
떤 때나 선수의 마음에 들어갈 수 있는 진솔한 자세와 탁월한 소
통 능력이 필요하다는 것도 새삼 깨달았다.

1994년 미국 월드컵
MVP 호마리우

(c) simononly

　대회를 앞두고 첫 평가전이었던 캐나다전이 열린 것은 가장 혹

독한 피지컬 트레이닝을 실시하고 5일 뒤인 6월 5일이었다. 장소는 이케다가 고교 시절에 유학했던 마을 에드먼턴이었다. 경기는 1-1 무승부로 끝났다. 브라질 대표팀 선수들의 움직임이 무거웠지만, 지친 상태를 생각하면 예상했던 일이었다.

3일 뒤인 8일에는 산호세에서 온두라스와 두 번째 평가전에 임했다. 베베투의 프리킥 등이 들어가서 8-2로 대승했다. 다음 12일에는 샌프란시스코와 로스앤젤레스 사이에 있는 프레즈노에서 엘살바도르와 경기했다. 무더운 날씨로 유명한 곳에서 엘살바도르를 4-0으로 누르고 브라질다운 공격력을 드러내기 시작했다.

"당시 브라질은 스폰서가 엮여서 월드컵 직전에 평가전을 반드시 세 경기해야 했어요. 대회 직전의 평가전은 원래 선수의 컨디션을 생각하면서 계획해야 하는데, 스폰서 수입 없이는 브라질축구협회도 대표팀 훈련비를 충분히 확보할 수 없었거든요.

지금은 일본도 스폰서의 입김으로 A매치 일정이 짜이는 경우가 많아졌지만, 당시는 친선경기 자체가 많지 않아서 브라질처럼 할수는 없었어요. 그래서 정말 힘들겠다고 생각했죠." 하고 이케다는 축구 왕국의 어려움을 말했다.

1994년 6월 17일 독일 대 볼리비아 경기를 시작으로 미국 월드컵이 개막했다. 브라질 대표팀도 마무리 최종 단계에 들어갔다. 그러나 이미 모제르와 히카르두 고메스가 부상으로 이탈한 데 이어

호마리우도 몸 상태가 떨어져서 별도 훈련을 받았다. 자체 청백전에서도 주전팀이 비주전팀에게 일방적으로 지배당하며 월드컵을 앞두고 어두운 그림자가 드리워졌다. 그래도 결승전까지 일곱경기를 한다고 가정한 모라시는 연습량을 줄여서 쉬게 하지 않고, 대회 직전까지 몰아붙였다.

우승에 대한 압박과 육체적 피로는 한계에 달했지만, 그들은 결코 흔들림이 없었다. 둥가라는 초인적인 정신력을 가진 선수를 필두로 지뉴, 마우루 시우바, 카푸처럼 프로 의식이 강한 남자들이 몸을 바쳐서 팀을 지탱했기 때문이다. 선수들과 매일 함께 지낸이케다는 그들의 존재감이 아주 크다는 것을 잘 알 수 있었다.

"지뉴라는 선수는 성실해서 훈련에서든 경기에서든 절대로 대충 하는 법이 없습니다. 운동량도 보통 수준이 아니었어요. 그의 헌신적인 플레이는 FOR THE TEAM 정신의 화신처럼 보였습니다. 마우루 시우바와 카푸의 축구에 대한 자세도 훌륭했어요. 둥가도 주빌로이와타에서는 마구 호통치는 이미지가 강했지만, 브라질 대표팀에서는 아무 말도 없이 묵묵히 공을 찼어요. 그만큼 주위 선수들의 프로 의식이 매우 높았죠.

진정한 프로의 정신력을 매일 보고 저는 소름이 끼쳤습니다. 페헤이라 감독의 수비적인 전술은 '브라질답지 않다', '화려하지 않다' 등의 비판을 받았지만, 선수들은 FOR THE TEAM 정신에 충실한 사람뿐이었죠. 지독한 더위 속에서도 힘든 훈련을 받을 수 있는 자세를 지닌 선수만을 모아서 팀을 만들었구나 하는 생각이 들었습니다. 이러한 선수 선발 방식도 나중에 한국 대표팀을 지도할 때 참고했습니다."

이케다가 커다란 자극을 받은 헌신적 자세를 브라질 대표 선수들은 러시아전부터 유감없이 발휘했다. 6월 20일 샌프란시스코는 33도를 넘는 더위로 서 있는 것만으로도 땀이 줄줄 흐르는 날씨였다. 더구나 스탠퍼드 스타디움은 그릇 모양의 구조라서 경기장 안의 열기가 모이기 때문에 기온이 40도는 족히 넘는다. 다른 경기장도 거의 같은 미식축구 경기장 구조라서 얼마나 더웠을지 알 수 있을 것이다. 그런 상황에서도 브라질 선수들은 힘껏 싸우며 호마리우와 하이의 골로 2-0 승리를 거두었다. 쾌조의 스타트를 끊은 것이다.

강팀은 첫 경기부터 온 힘을 쏟지 않기 때문에 초반에 실수하는 경우도 적지 않다. 브라질은 다행히 승리했지만, 결승까지 올라갈 이탈리아는 첫 경기 아일랜드전에서 0-1로 뼈아픈 패배를 기록했다. 이런 함정이 있다는 점도 이케다는 재확인했다.

대회가 시작되자 선수들을 어떻게 회복시키느냐가 가장 중요한 테마였다. 브라질 대표팀의 경우, 피지컬 코치 이외에 부상자 치료를 맡는 물리치료사가 있거나 회복을 돕는 마사지사가 있는 등, 역할이 나뉘어 있었다. 모라시는 각 스태프의 일을 존중하고 세심하게 소통하며 피지컬 강화 메뉴를 정했다. 이 훈련에는 항상 이론적인 근거가 있어서 선수들도 받아들일 수밖에 없었다. 이런 업무 방식도 대단히 참고가 되었다.

러시아전 이후 카메룬에 3-0으로 이기고, 스웨덴에 1-1로 비긴 브라질은 승점 7을 따서 조 1위로 통과했다. 7월 4일에 샌프란시스코의 스탠퍼드에서 개최국 미국과 16강에서 격돌했다. 페헤이라 감독도 모라시 코치도 이 일전을 최대 고비라고 보고 피치를 단숨에 올렸다.

"미국전을 잘 넘기면, 나머지 경기는 정신력으로 메울 수 있어요. 가만 놔둬도 선수들은 좋은 모습을 보입니다. 그것을 모라시는 오랜 경험으로 알고 있었던 거죠. 제가 한국 올림픽 대표팀에 있을 때 런던 올림픽 8강 영국전도 이와 똑같이 생각했어요. 여기서 이기면 4강은 확보되고 선수들은 높은 의욕을 가지고 싸웁니다. 그래서 거기에 초점을 맞췄어요. 대회 기간에는 지구성 능력을 떨어뜨리지 않도록 달리기는 항상 메뉴에 넣었고, 그래서 선수들도 충분히 달릴 수 있었습니다. 모라시가 미국에서 보여준 노하우는 제 것이 되었지요."

그들의 컨디셔닝이 주효한 덕인지 미국전 이틀 전의 청백전에서는 주전팀이 비주전팀에게 8골을 넣을 정도로 호조를 보였다.

특히 호마리우는 브라질 대표팀에 합류한 이후, 최상의 컨디션이었다.

원정 분위기로 열린 개최국 미국과의 경기에서는 전반 종료 직전, 브라질의 왼쪽 사이드백 레오나르두가 팔꿈치로 레이모스의 얼굴을 쳐서 바로 퇴장당했다. 수적으로 불리한 상태로 후반 45분을 싸워야 하는 브라질이었지만, 1명 부족한 상황도 가정해서 훈련을 충분히 해왔기 때문에 흔들림 없이 경기를 풀어나갔다. 그리고 베베투가 결승 골을 넣어서 가장 큰 고비를 넘었다.

레오나르두가 4경기 출전 금지 처분을 받아서 그다음 경기에 일말의 불안이 있었지만, 브라질 대표팀 사상 가장 결속력이 높은 팀은 그 구멍을 모든 선수가 확실하게 메웠다. 8강 네덜란드전에서는 레오나르두 대신 왼쪽 사이드백으로 들어간 브랑쿠가 직접

1994년 미국 월드컵에서 브라질의 베베투가 네덜란드와의 8강전에서 골을 넣은 뒤, 호마리우 등 동료선수들과 두 팔로 요람을 흔드는 동작을 했다.

(c) Sergio
Goncalves Chicago

프리킥으로 결승 골을 넣어서 3-2로 승리했다. 4강 스웨덴전에서도 에이스 호마리우가 평소 잘 안 나오던 헤딩으로 골을 넣어서 팀을 결승으로 이끌었다.

그리고 7월 17일 로스앤젤레스의 로즈볼 경기장에서 열린 이탈리아와의 결승전은 90분이 지나고 연장전에서도 결판이 나지 않아 승부차기에 돌입했다. 로베르토 바지오가 실축해서 브라질에 4번째 우승이 돌아갔다. 2개월 가까이 함께해서 완전히 브라질 대표팀의 일원이 된 이케다도 브라질의 카메라맨과 관중석에서 얼싸안고 환희의 순간을 나누었다고 한다.

"월드컵과 올림픽과 같은 큰 대회를 헤쳐나가려면 결승전까지 6~7경기를 시야에 넣고 프로그램을 짜는 것이 중요하다는 것을 강하게 느꼈습니다. 그러려면 우선은 들쭉날쭉한 컨디션을 고르게 하는 방법을 궁리해야 합니다.

올림픽의 경우는 이틀 간격이라 월드컵보다 경기 간격이 짧기 때문에 피로회복 능력을 높이는 것을 제1순위로 생각할 필요가 있어요. 모라시가 했던 지구성 능력의 강화는 물론, 몸의 밸런스를 좋게 하는 메뉴를 고안하는 일도 중요합니다.

그렇다고 해서 모든 선수에게 같은 훈련을 시키면 된다는 말은 아닙니다. 경기에 선발로 계속 나가는 선수와 대기 선수의 상태, 한 사람 한 사람의 특성을 고려하면서, 팀으로서 하나가 되도록 만들어야 합니다. 그런 조절 방법을 모라시에게 배웠어요."

쨍쨍 내리쬐는 태양 아래에서 브라질이 더위를 극복하고 우승한 여름으로부터 오랜 세월이 지났지만, 자극적인 날들은 이케다 기억 속에서 지금도 생생하다.

이탈리아 축구에 존재하는 다양한 접근법

정반대로 훈련했던 브라질과 이탈리아가 결승까지 간 걸 보고
'방법은 얼마든지 다를 수 있다'는 결론에 도달했다.

1994년 7월 미국 월드컵 결승전 후, 귀국한 이케다는 제프유나이티드로 돌아와서 성인 팀이 아닌 유소년 담당 피지컬 코치로 일하게 되었다. 1994년 후반부터 1995년에 걸쳐 하부조직을 맡으면서 야마구치 사토시, 사토 유토, 사카이 토모유키, 무라이 신지, 아베 유키, 사토 히사토 등 유망주들의 어린 시절을 볼 기회가 있었다.

그러던 중, 새로운 도약의 기회가 찾아왔다. 1993년과 1994년에 2년 연속으로 토요타컵에 참가하러 일본에 온 AC밀란에서 아리고 사키 감독의 오른팔로 피지컬 코치를 하고 있었던 빈첸조 핀콜리니를 지인에게 소개받아 이탈리아에 유학할 수 있게 되었다.

이탈리아에 처음 간 것은 1995년 1월. 세리에A가 세계 최고 리

그로 자리매김하고 전성기를 누리던 시기였다. 1994년 여름에 제노바에 이적한 미우라 카즈요시도 뛰고 있어서 온 일본이 이탈리아 축구를 주목하고 있던 시대라고 해도 과언이 아니었다.

이때는 일본축구협회가 지원하는 피지컬 코치 연수회의 해외 연수 형식으로 약 열흘 정도 이탈리아에 머물렀다. 이케다는 칸노 아쓰시(FC서울), 키노시 카즈히토(나고야그램퍼스), 야노 요시하루(전 성남, 현 FC도쿄) 등 같은 피지컬 코치끼리 AC밀란, 유벤투스, 피오렌티나에 가서 연습 시찰, 피지컬 코치로부터 강습 등을 통해 열정적으로 배웠다.

짧은 일정을 끝내고 귀국했지만, 이케다는 단기간의 공부만으로는 부족하다고 느꼈다. 이탈리아 최고 수준의 피지컬 코치 빈첸조 핀콜리니의 인품을 보고 나서 그로부터 더 많은 것을 배우고 싶다는 열망이 강해졌다. 구단에 그런 의향을 전하자 "언제든 갔다 와도 돼"라고 기분 좋게 허락받았다. 제프의 후쿠다 사장에게도 "배운 것을 우리 유소년 팀에게 전해 주면 된다"고 OK를 받아서 그해 7월에 홀로 이탈리아에 다시 가기로 했다. 미리 이탈리아어 학원에 다니며 최소한의 회화를 배우는 등 주도면밀하게 준비했다. 처음 간 곳은 밀라노가 아니라 유벤투스의 홈, 토리노였다.

"마침 유벤투스에서 로베르토 바지오, 파리생제르망에서 조지 웨아가 AC밀란으로 큰 주목을 받으며 이적한 때라서 AC밀란의 팀 내부가 어수선한 상황이었어요. 빈첸조 코치도 조금 잠잠해지면 오라고 해서 유벤투스의 잠피에로 벤트로네라는 피지컬 코치를 소개받고, 1주일 정도 유벤투스에서 배웠습니다." 하고 이케다는 경위를 설명했다.

그 벤트로네는 '해병대장'이라는 별명을 가진 무서운 피지컬 코치였다. 피지컬 트레이닝을 웨이트 기구를 써서 혹독할 정도로 시키는 인물로 이탈리아 축구계에서는 모르는 사람이 없다고 한다. 유벤투스의 지휘봉을 잡고 있던 마르첼로 리피 감독으로부터도 절대적인 신뢰를 얻고 있었다. 이 당시의 델피에로는 몸이 호리호리하고 연약했지만, 훈련을 받고 해가 거듭될수록 강한 체격으로 변했다. 1996년에 유벤투스에 입단한 지네딘 지단도 그의 가르침을 실천해서 강인한 몸을 갖게 되었다고 한다. 기구를 쓰는 트레이닝에 적극적이지 않았던 이케다로서는 놀라울 따름이었다.

그로부터 며칠 후, AC밀란의 연습장 '밀라넬로'에 가자 빈첸조 핀콜리니가 기쁘게 맞아주었다. 방을 내주고 공부에 전념할 수 있는 환경도 마련해주었다.

"빈첸조에게는 제가 브라질 대표팀에 있었다는 것을 미리 말해두는 편이 좋겠다고 생각해서 '죄송하지만, 1994년 미국 월드컵에서 브라질 대표팀에 있었어요'라고 밝혔습니다. 그의 반응이 매우 걱정되었지만, '그건 행운이군. 브라질은 아마 이탈리아와는 정반

대로 했을 거야. 이탈리아가 어떻게 준비했는지 알려주지' 하고 이
탈리아 대표팀의 훈련 메뉴를 모두 주면서 비교해보라고 했어요.
그 넓은 아량에 감동했습니다. 둘이서 열띤 토론을 종종 하기도
했죠." 하고 이케다는 그립다는 듯이 말했다.

AC밀란, AS로마, 인
터밀란, 파르마 등 이
탈리아 세리에A에서
잔뼈가 굵은 피지컬
코치 빈첸조 핀콜리니

빈첸조는 벤트로네와는 대조적으로 기구를 쓰는 피지컬 트레
이닝을 전혀 하지 않는 지도자였다. 몸이 본래 가지고 있는 기능
을 높이자는 것이 그의 생각이었다. '같은 이탈리아인끼리도 이렇
게 생각이 다르구나. 피지컬 코치마다 각자의 색깔이 있구나……'
라며 놀랐다고 한다.

빈첸조는 러닝을 중시한다는 확고한 철학도 가지고 있었다.

"한 경기에서 10km를 달리는 축구에서는 효율적으로 달리는

방법이 매우 중요하다. 비효율적으로 달리면 체력 소비에 나쁜 영향을 끼쳐서 부상의 원인이 된다"고 열변한 그는 달리는 종류의 훈련을 많이 준비했다.

빈첸조의 이러한 철학에 이케다는 동의했다.

"저는 벤트로네처럼 기구를 쓰는 연습보다 빈첸조의 말처럼 몸의 본래 기능을 중요하게 여겨야 한다고 봅니다. 페이스를 높이기 위해 코치가 어떤 자극을 주어야 하는지 그 답을 빨리 발견해야겠다고 절실히 느꼈어요.

달리기에 관해서도 매우 흥미로웠습니다. 힘과 키에서 유럽과 남미 선수에게 뒤지는 동양인은 특히 뛰는 법이 중요합니다. 그렇게 생각하고, 요코하마와 우라와에서 유소년 팀을 맡고 있을 때는 대학 동기이자 지금은 와세다 대학 육상팀 감독인 이소시게 유를 주 1회마다 데려와서 러닝 폼을 개선 등 달리는 방법을 지도받았습니다. 실제로 AC밀란 선수들이 달리는 폼은 매우 깔끔했어요. 정상급 운동선수는 공통적으로 러닝 폼이 아름답습니다. 이것을 일본에 가져오고 싶었어요."

빈첸조와는 미국 월드컵에서 이탈리아 대표팀의 컨디셔닝에 관해서도 얘기할 기회가 있었다.

브라질은 '더위를 완전히 극복한다'는 생각으로 선수들에게 부하를 줘서 내성을 높였지만, 이탈리아는 전혀 반대로 접근했다. 그들은 체력을 소비하지 않도록 시원해진 저녁 이후에 트레이닝을 하거나 훈련 시간을 줄였던 것이다.

"이탈리아에서는 회복을 매우 중요시했어요. 원래 이탈리아 축구 선수들은 마피아와 연관되거나 승부조작 문제 등이 불거질 정도로 그라운드 밖에서 압박을 받으며 뛰고 있습니다. 그래서 멘탈의 회복이 가장 중요했던 거예요.

AC밀란에서는 경기 다음날에는 정신적인 면의 회복을 최우선으로 생각해서 휴식을 줍니다. 몸의 회복은 알아서 하라는 의미였죠. 피지컬 코치의 입장에서는 자기관리 할 수 있는 선수들의 경우, 경기 다음날 자유롭게 놔두는 것이 이상적이에요. 경기 후에 흥분해서 자지 못하는 선수는 조금 늦게 일어나서 혼자 달린 다음, 아침 식사를 한다든가 각자에게 맞는 방법으로 회복하면 되니까요. 프랑코 바레시, 파올로 말디니, 알렉산드로 코스타쿠르타, 데메트리오 알베르티니 같은 선수들은 자기관리 능력이 대단히 뛰어나서 스스로 잘 관리했습니다. 이탈리아 대표팀도 이를 기준으로 관리하지 않았을까 생각합니다."

미국 월드컵의 결승전에서 만났던 두 강국이 극히 대조적인 접근을 했던 것은 이케다에게 충격이었다.

"모라시와 빈첸조에게 똑같이 들은 말은 '우리가 해온 것을 전부 따라 해도 좋겠지만, 브라질인, 이탈리아인과 일본인은 달라.

분명히 일본인에게 맞는 방식이 있을 테니 그것을 찾아봐. 그게 앞으로 네가 할 일이야'라는 것이었습니다."

분명히 한여름에도 서늘한 유럽과 국토가 열대부터 온대까지 폭넓은 기상조건이 있고 계절도 반대인 브라질, 고온다습한 일본은 기후 특성이 각각 다르다. 다른 환경 속에서 선수의 피지컬 컨디션을 높이려면 역시 다른 노하우가 필요하다.

일본인에게 맞는 방식은 무엇일까······.

30대 중반이었던 이케다는 인생을 걸고 장대한 목표에 도전하기로 결심을 굳혔다.

"1995년 1개월 반의 이탈리아 유학은 제프의 일을 쉬고 갔습니다. 일본에는 식구도 있고 돈도 드니까 저는 현지의 싼 숙소에서 머물렀고, 레스토랑에도 안 가고 그라운드 구석에서 빵을 먹는 식이었습니다. 그래도 이왕 갔으니까 배운 것을 모두 제 피와 살로 만들려고 욕심을 부렸죠.

통역도 챙겨주는 사람도 없어서 처음에는 오로지 밀라넬로 연습장에서 기다릴 수밖에 없었어요. 10시부터 연습이라고 하길래 일찍 가서 빈첸조가 오는 것을 기다렸는데, 오지 않았어요. 저녁이 되어서야 트레이닝 쉬는 날이라는 것을 경비원에게서 들었죠.

그렇게 고생해서 배운 것이 가장 도움이 됩니다. 저에게는 자신을 단련하고 긴 시간을 들여서 달성해야 할 목표를 갖게 된 것이 대단히 컸어요."

귀중한 경험을 하고 귀국길에 오른 이케다는 마음을 다잡았다.

피지컬에 관계된 일의
주도권을 가져오다

나카무라 슌스케는 훈련이 끝나면
꼭 한 시간씩 따로 훈련을 했다.

■ 키요쿠모 감독 체제의 제프유나이티드는 2년째인 1995년에
전기리그 6위, 후기리그 7위를 기록했다. 전년도보다 성적을 올리
지 못해 결국, 사령탑은 교체되었다. 이케다는 1996년부터 다시 1
군의 피지컬 코치를 맡게 되었지만, 오쿠데라 야스히코가 지휘봉
을 잡은 이 시즌은 9위로 마쳤다. 네덜란드 감독 얀 페르슈라이엔
이 이끈 1997년도 전기리그 15위, 후기리그 14위로 제프유나이티
드의 침체기는 이어졌다.

J리그 출범 전부터 팀을 보아 왔던 이케다도 마음이 무거웠고,
매너리즘에 빠졌다.

"후루카와 시절부터 6~7년이나 팀을 보고 있으면, 선수의 특

징을 쉽게 알 수 있게 됩니다. 가령, 나카니시 에이스케는 턴 동작, 죠 쇼지는 헤딩 체공시간이 컨디션을 파악하는 기준이 됩니다. 그들의 특징을 완벽하게 파악하면 피지컬 코치의 감성을 키울 기회가 아무래도 줄어듭니다. 우리 일은 선수를 관찰하는 눈을 늘 갈고닦는 일이 중요합니다. 이대로 가면 제가 안일해져서 성장하지 못하겠다는 걱정도 있었어요. 후루카와나 제프는 제가 피지컬 코치가 될 때까지 지원해준 구단이고, 브라질, 미국, 이탈리아에도 보내주었지만, '이대로는 안 되겠다'는 생각이 강해지고 있었습니다."

자신을 더 단련해서 능력을 키우고 싶다……. 그렇게 생각하고 있던 97년 말, 와세다 대학의 대선배이며 요코하마F마리노스의 제너럴 매니저인 모리 타카지(80년대 일본대표팀 감독)로부터 '마리노스에 안 올래?'라고 제안을 받았다. 당시 제프의 제너럴 매니저 카와모토 오사무에게 상담하자 '갔다 와. 마리노스에 가서 환경을 바꾸는 편이 너한테 플러스가 될 거야'라고 긍정적인 조언을 받았다.

"제프와 작별하는 것은 솔직히 아쉬웠고, 선수들도 눈물을 흘려주었어요. 남은 일도 많았지만, 큰마음 먹고 이적을 결심했습니다."라고 이케다는 말했다.

이렇게 이케다는 1998년 요코하마 쓰루미 시시가타니에 있었던 요코하마F마리노스의 연습장 문을 두드리게 되었다.

스페인 출신의 지장 하비에르 아스카르고르타가 이끄는 명문 팀 마리노스에는 전 스페인 대표 홀리오 살리나스, 고이코체아, 일본 대표 이하라 마사시, 오무라 노리오, 1996년 애틀랜타 올림픽 대표팀 수문장 카와구치 요시카쓰, 마쓰다 나오키(2011년 급성 심근경색으로 사망), 죠 쇼지, 프로 2년 차로 일본 대표팀에 소집된 나카무라 슌스케 등 재능들이 즐비했다.

"JSL 시절부터 잘 아는 제프와 달리 마리노스는 전혀 차원이 다른 환경이었어요. '일본 대표 선수를 다수 보유한 스타 군단'이어서인지 선수들의 자부심도 높고 '제가 새 피지컬 코치 이케다입니다'라고 말해도 '뭐야, 저 사람은'이라는 얼굴이었습니다. 어떻게 그들과 신뢰관계를 만들지가 가장 중요하겠다고 속으로 생각했지요." 하고 이케다는 회상했다.

당시 마리노스는 선수의 개인주의가 두드러져 팀으로서 일체감이 약했다. 경기에 진 뒤, 라커룸에서 페트병과 스파이크가 나뒹구는 모습에는 이케다도 놀라움을 금치 못했다. 선수들은 분해서 화풀이한 것이겠지만, 축구인으로서 용품을 소홀히 다루는 것은 절대로 해서는 안 되는 일이다. 그런 신념 때문에 이케다는 탄식하고 분노를 느꼈다. 그래도 조금씩 선수들과 거리를 좁혀서 반년이 지났을 때는 편히 이야기할 수 있게 되었다고 한다.

선수에게 개인 트레이너가 있음을 안 것은 바로 그때였다.

라커룸에서 나카무라 슌스케를 봤더니 개인 트레이너의 조언 때문인지 허리에 테이핑을 마구 감고 있었다. 제프 시절에는 생각할 수 없는 일이라서 이케다는 솔직히 충격이었다.

"제가 갈 때까지 마리노스에 피지컬 코치가 없었어요. 그래서 개인 트레이너와 계약하고 있는 선수가 많았지요. 슌스케도 물론 그랬어요. 그에게 어떤 조언을 했는지 물어보고 싶어서 '개인 트레이너에게 연락해달라고 말해줄래'라고 부탁했지만, 전혀 소식이 없더군요. 제가 연락하려고 했지만 안 됐습니다.

그 당시는 대표팀 지상주의가 극도로 강해서 선수들의 머릿속에는 대표팀 스케줄밖에 없었어요. 슌스케 같은 선수는 특히 그래서 제가 '대표팀에서 잘 뛰고 싶으면 J리그의 공식 경기에서 잘해야 한다. 경기는 최고의 트레이닝이다. 몸을 강하게 하고 근육을 늘릴 수 있는 것은 90분 경기다'라고 말해도 잘 이해하지 못했어요.

실제로 프로 1~2년 차 때의 슌스케는 공식 경기에 10~15분 정도밖에 나가지 않는 경우가 많아서 풀타임으로 뛸 수 있는 피지컬 컨디션이 되지 못했어요. 그와 같은 기술 중심의 선수는 몸의 밸런스가 대단히 중요해서 경기를 많이 뛰어야 코어(body core)가 강해지고 파워, 스피드, 지구력도 기를 수 있습니다.

그런데 아마 개인 트레이너도 대표팀 일정만 생각한 탓인지 대표팀에 맞춘 조언을 했고 본인도 그게 좋겠다고 받아들였습니다." 하고 이케다는 어쩔 도리가 없었던 나날을 회상했다.

개인 트레이너를 고용한 것은 나카무라 슌스케만이 아니었다. 1998년 프랑스 월드컵을 시작으로 일본 축구가 세계 무대로 나가게 되어서 J리그의 프로 의식이 향상되고 스스로 몸을 관리해서 컨디션을 끌어올리려는 선수가 눈에 띄게 많아졌다. 마리노스에서도 프로 의식이 높은 선수일수록 개인 트레이너의 도움을 받았다.

카와구치 요시카쓰 골키퍼도 그중 한 명이었다.

"어느 날, 카와구치 요시카쓰가 아킬레스건 염증으로 시즌 초반부터 나가지 못하는 일이 있었어요. 팀의 첫 경기부터 재활이라니 믿을 수 없는 상황이었지요. 왜인지 조사해봤더니 오프시즌 때 개인 트레이닝으로 모래사장 훈련을 하고 있었던 겁니다. 아킬레스건 염증의 원인이었죠. 요시카쓰는 강해지려는 의욕이 넘치는 남자예요. 그래서 개인 트레이너와 하드 트레이닝을 했던 거죠. 오히려 나쁜 결과가 된 경우라고 저는 생각합니다.

개인 트레이너는 사람마다 훈련 방식도 사고방식도 다릅니다. 그들의 일은 계약한 특정 선수의 수준을 올리는 일이죠. 그것이 수입으로 이어지니까 필사적인 것은 알겠어요.

다만, 팀의 피지컬 코치는 감독과 함께 승패의 책임을 져야 하는 처지죠. 승리라는 큰 목표를 위해서 1주일, 1개월, 3개월, 6개월을 생각하면서 부하를 조정하고 한 시즌 동안 잘 싸울 수 있게 합니다. 팀 성적에 책임을 질 필요가 없는 개인 트레이너와는 그 점이 절대적인 차이입니다.

서로의 처지를 확실히 이해하고 각자의 목표를 서로 존중하며 의견 통일을 하는 것이 중요하다고 저는 생각합니다. 역시 커뮤니케이션은 필요불가결하죠.

그것이 잘 안 되어서 처음 1~2년은 꽤 고생했습니다. 저도 J리그 두 번째 팀이고 제프에서 경험하고 마리노스에 왔는데도 왜 성과가 나오지 않는지 자주 고민했어요. 그때 맞닥뜨린 것이 이 큰 문제였습니다.”

선수들이 스스로 몸 관리를 잘하기 위해 개인 트레이너나 피지컬 어드바이저의 도움을 받는 것을 이케다는 부정하지 않았다. 프로 선수는 시즌에 들어가면 하루 1회 두 시간 정도의 연습이 중심이고, 그 이외에는 시간상으로 여유가 있기 때문에 빈 시간을 활용해서 자신의 몸 상태를 개선하는 것은 좋은 일이다. 다만, 그런 스태프가 있으면 반드시 보고하고, 연락할 수 있게 했으면 좋겠다고 생각했다.

“그 당시로부터 15년 가까이 시간이 흘러서 피지컬에 관한 지식도 폭이 넓어졌습니다. 제가 마리노스에서 유소년 팀을 맡고 있을 때, 달리는 방법을 개선하기 위해 몇 명의 전문가를 불렀듯이 러닝과 스텝 등 하나하나 지도할 코치가 지금은 있지요.

그중에서 피지컬 코치는 '코디네이터'이기도 합니다. 넘쳐나는 정보를 정리해서 적절하고 정확한 조언을 하는 것이 중요한 일입니다.

선수의 성장을 방해하는 비즈니스나 마이너스 지식으로부터 지키는 것도 중요합니다. 예를 들어 테이핑 하나를 하더라도 '관절을 테이프로 확실히 고정해두면 부상을 막을 수 있다'고 권하는 사람이 지금도 많아요. 하지만 테이핑은 관절을 고정해서 관절을 지지하는 근육을 대신할 뿐이에요. 관절을 빡빡하게 고정하면 섬세한 움직임을 못 하게 되어서 관절이 전혀 강해지지 않습니다. 운동선수는 원래 가지고 있는 힘을 키워야 하는데, 본래의 기능조차 쓰지 못하게 만들면 좋을 게 없어요.

영양에 대한 사고방식도 그래요. 열량 조절을 위해 식이보충제를 다량으로 먹는 것은 본말전도(本末顚倒)가 아닐까요. 즐겁게 여러 음식을 많이 먹는, 원점으로 돌아가는 편이 좋다고 저는 생각합니다."

시간이 지남에 따라 이케다의 생각을 이해하는 선수가 많아져서 피지컬 코치와 소통하려는 개인 트레이너도 늘기 시작했다. 나카무라 슌스케도 "사람들 사이를 중재해준 세이고 코치님에게는 감사하고 있다"고 솔직히 말했다.

"개인 트레이너를 고용하면 안 된다는 것을 알고 있었지만, 저로서는 몸을 처음부터 다시 만들고 싶었어요. 그래서 팀 훈련과는 별도로 운동했는데요. 감독한테서 '저 녀석, 좀 몸이 무겁지 않나', '혼자서 근육 운동했잖아' 하고 의심받는 경우도 있었어요. 그럴 때 세이고 코치님이 잘 중재해주셨어요. 연습량을 줄여주시는 배려도 고마웠습니다. 그런 넓은 아량에 도움을 받았지요."

이런 문제를 안고 있는 J리그 팀은 적지 않다. 팀 전체의 체력 강화를 맡는 피지컬 코치에게 확실한 이론과 지식, 경험이 없으면, 교통정리가 어렵다.

"우리가 중심이 되어서 피지컬에 관해 주도권을 갖는 것. 그것이 복잡한 문제를 해결하는 최대 원동력이 된다고 봅니다."

이케다는 강하게 주장하며 전 세계 피지컬 코치들에게 응원의 메시지를 보냈다.

J리그에서 피지컬 코치로서
자리 잡다

이케다는 '꼰대'라는 말을 들을 정도로
독한 말을 서슴없이 했다.

마리노스 시절의 이케다는 선수들의 높은 프로 의식으로 야기된 문제에 직면했지만, 수많은 외국인 감독 아래서 일을 하는 귀중한 기회를 얻었다.

1998년 아스카르고르타 감독 밑에서 지도를 시작한 이래, 1999년 안토니오 데라크루스, 2000~2001년 중반까지 오스발도 아르디레스, 시모죠 요시아키를 거쳐 2002년 중반까지 세바스티앙 라자로니 등 4명의 외국인 지도자와 일했다.

"제프를 떠나기 전에도 얀 페르슈라이엔과 함께 일해 봤기 때문에 외국인 지도자와 일하는 것에는 익숙하다고 생각했어요.

마리노스에서 처음 같이 일한 아스카르고르타 감독은 영어를 잘했고, 일본어도 배워서 회화가 가능한 수준이라 편했습니다. 게다가 매우 우수한 통역인 로베르토 쓰쿠다(FIFA 공식 에이전트)도 있어서 의사소통이 잘 되었습니다.

두 번째 감독인 데라크루스는 통역을 통해서 이야기를 나누었지만, 세세한 부분도 의사소통을 할 수 있었고 스트레스가 없었어요. 피지컬 강화도 저에게 100% 맡겨주었습니다."

마리노스가 극적으로 변화한 것은 2000년. 아르디레스가 취임하고 바로 전기리그 우승을 차지했던 때였다.

"세 번째 감독인 아르디레스도 영어가 유창해서 의사소통은 잘되었습니다. 영어를 할 수 있어서 저는 운이 아주 좋았죠, 앞으로 피지컬 코치는 외국어를 잘하면 큰 무기가 되겠다고 생각했습니다.

다만, 그는 피지컬 트레이닝을 따로 하지 않는 지도자였어요. 즐기는 축구를 최우선으로 생각해서 공 돌리기나 게임에 체력 강화 요소를 넣는 스타일이었습니다. 연습은 기술 트레이닝 위주로 했어요. 선수들도 '다음에는 뭘 할까?' 하고 훈련 내용을 예상하지 못했죠.

달리기도 웨이트 트레이닝도 없이 공을 쓰는 피지컬 훈련은 저도 처음 하는 경험이었고 새로운 트레이닝 방법을 배우게 되었습니다. 아르디레스와 일을 함께해서 저도 공부가 많이 되었습니다.

선수들에게도 좋은 자극이 되어서 2000년 전기리그에서 우승했고, 챔피언십에서는 가시마앤틀러스에 졌지만, 급부상했던 시즌임은 분명했습니다."

그런데 그 마리노스가 2001년이 되자 급격히 가라앉았다. 비용 절감을 위해 프런트가 외국인 선수의 질을 떨어뜨리고 젊은 선수를 대담하게 발탁하는 것이 나쁜 결과로 이어져서 팀은 강등권에서 경쟁하게 된다. 이 해부터 에이스 넘버 10을 단 나카무라 슌스케도 연이은 부상으로 그라운드에서 서도 책임감이 앞서서 플레이의 세밀함이 떨어졌고, 카와구치 골키퍼도 시즌 도중에 잉글랜드 포츠머스로 이적하는 등, 팀의 기둥이 흔들렸다. 나비스코컵에서는 우승했지만, 리그 성적은 시즌 내내 저조했다.

그러던 때, 이케다는 '꼰대'라는 말을 들을 정도의 독한 말을 서슴없이 했다.

"저는 어떤 때에도 흔들리지 않고 하고 싶은 말을 가차 없이 하니까 선수들이 싫어하기도 했을 거예요.

어떤 사람도 일이 잘 안 되면 도망갈 곳을 찾으려고 합니다. 자기 실수를 남 탓으로 하거나 자기가 못 나가는 것을 감독 탓으로 하거나 주위 탓으로 돌리려고 하지요.

예를 들어 스페인의 바야돌리드에서 2000년 후반에 일본으로 복귀한 죠는 확실히 파워업 해서 돌아왔지만, 예상 밖으로 체지방률이 너무 높았어요. '스페인에서는 파워를 높여야 했다'고 본인은 말했지만, '이건 아니야. 이래서는 네 장점이 안 나와'라고 분명히 부정했습니다. 높은 도약력, 강한 헤딩, 날렵함이라는, 그의 진짜 장점을 끌어내기 위해서 마음을 독하게 먹고 강하게 말했죠.

프로팀의 피지컬 코치라는 것은 선수와 가까우니까 쓴소리 하기 어려운 부분도 있습니다. 그래도 미움 사는 것을 각오하고 선수를 위해서 생각한 것을 직접 전하는 것이 중요하지 않을까요. 저는 그렇게 생각했습니다."

J1 잔류를 해낸 다음 해인 2002년. 마리노스에는 브라질 출신의 라자로니라는 새 지휘관이 왔다. 제프 시절부터 늘 감독 밑에서 메인 피지컬 코치를 맡았던 이케다였지만, 이 시즌에는 라자로니 감독이 칼리투라는 피지컬 코치를 데려왔기 때문에, 어시스턴트 코치로서 팀을 돕게 되었다.

"사실 그 당시 저는 다른 팀으로 가는 것도 생각했습니다. 새 감독이 피지컬 코치를 데려온다는 이야기를 들어서, 어시스턴트 코치를 해야 할지 말아야 할지 속으로 고민했거든요. 그때 문득 '언젠가 내가 어시스턴트 코치를 쓰게 될지도 모르니까 그 처지를 경험해두는 편이 좋겠다'는 생각이 들었습니다. 제가 먼저 다가가서 소통하려고 했습니다. 어시스턴트 코치의 입장과 행동 방법도 알게 되어서 저에게 좋은 경험이었죠."

그리고 2003년. 이케다에게 아주 큰 터닝포인트가 찾아온다. 오랜 선배인 오카다 타케시가 마리노스의 지휘관 자리에 오르게 된 것이다. 전폭적인 신뢰를 보여주는 지휘관 아래서 이케다는 전에 없이 일하기 좋은 환경의 고마움을 느꼈다.

"오카다 선배가 오기 전에 개인 트레이너 문제도 어느 정도 정리되었고, 선수들의 FOR THE TEAM 정신도 잘 자리 잡고 있었습니다. 2000년에 전기리그 우승을 거둔 것도 적지 않은 변화가 있었던 증거라고 생각했습니다.

하지만 오카다 감독은 '마리노스는 가지고 있는 힘의 50~60% 밖에 못 내고 있어. 그 원인은 일체감이 없어서야'라고 잘라 말했어요."

이케다에게는 짐작 가는 데가 분명히 있었다. 예를 들어 연습장을 돌 때, 네 귀퉁이에 원뿔을 놔두면 오카다 감독이 오기 전의 마리노스 선수들은 거의 항상 바깥쪽이 아닌 안쪽으로 돌았다. 사소한 것이지만, 일본 대표팀을 이끌었던 오카다 감독은 그런 작은 부분에도 집착하지 않으면 이길 수 없다고 강하게 인식했던 것이다.

"마리노스 선수들은 왠지 남에게 미루는 분위기를 떨쳐내지 못했던 것 같아요. 외국인 감독은 근본적인 부분까지는 못 보니까 대담하게 바꾸려고 하지 않았습니다. 선수들도 무슨 일이 생기면 '구단의 책임'이라고 생각했습니다. 축구를 향한 순수함은 오히려 제프 시절 쪽이 나았을지도 몰라요.

그런 가장 깊은 문제를 오카다 감독이 단도직입으로 지적한 것이 효과가 있었습니다. 쿠보 타쓰히코, 나카자와 유지, 타나카 하유마, 나스 다이스케, 우에노 요시하루 등의 선수들이 차례로 바뀌어 갔어요."

이케다도 긴장과 동시에 자기 자신을 강하게 채찍질했다.

이를 상징하는 하나의 일화가 있다.

오카야마 카즈나리가 경기에서 교체되자 불만이 폭발한 그는 그라운드 밖으로 나가자마자 페트병을 차고 라커룸으로 향했다. 그것을 본 이케다는 그의 멱살을 잡고 '적당히 해!'라고 호통쳤다.

"축구 선수에게는 한 번이든 두 번이든 하지 말아야 할 일이 있어요. 그것을 전하고 싶어서 격한 행동으로 보여줬죠. 축구라는 것은 한 개인의 것이 아닙니다. 구단, 스태프, 동료가 있어야 성립됩니다. 그런 원점을 돌아봤으면 했어요.

오카야마라는 남자는 인간적으로는 훌륭해요. 팀을 위해 뛰는 '순수한 축구 청년'이라는 것은 그를 만나본 사람이라면 누구나 인정할 겁니다. 그렇기 때문에 아무 말도 안 하는 것은 그를 위해서 좋지 않겠다고 느꼈어요. 제가 엄하게 나무란 것은 그런 생각에서였습니다."

이 행동에서 드러났듯이, 이케다는 새로운 투지로 가득했다.

잠재력이 높은 마리노스 선수들의 피지컬 능력을 한 단계 더 끌어올리기로 하고 우선 선수 개개인의 신체능력과 특징을 다시 분석하는 일부터 손을 댔다.

그 시작은 2002년 말에 우라와레즈로부터 전력외 통보를 받고 마리노스에서 새 출발 하는 카와이 류지였다. 그의 몸을 단련시켜서 서서히 파워를 올리는 일부터 시작했다.

'카와이는 좋은 신체능력을 타고났지만, 몸이 전혀 만들어지지 않았어요. 벤치프레스를 시켜도 30kg도 못 들 정도였어요. 오카다 감독도 '카와이는 필요한 전력이니까 부탁해'라고 했고, 카와이도 '저한테 찾아온 기회는 이번 1년밖에 없어요. 어떻게든 제대로 몸을 만들었으면 합니다'라고 간청해서 6개월은 필요하다고 설명했어요. 조금씩 육체 개조를 시작했죠. 당시 피지컬 코치의 어시스턴트를 해준 시노다 요스케에게도 도움을 받았습니다.

특별 트레이닝을 시작했을 때는 돌처럼 무거웠던 몸이 서서히 가벼워져서 후반기의 원정 경기였던 베갈타센다이전에서 첫 선발로 나가서 대활약했어요. 이를 기점으로 기량이 폭발해서 2004년 챔피언십 우라와전에서는 나카자와, 마쓰다와 3백을 이루어 철벽 수비를 보여줬습니다." 하고 이케다는 흐뭇하게 말했다.

2002년에 주빌로이와타로부터 이적해온 오쿠 다이스케에게는 지구력을 높이도록 조언했다. 훈련 후 약 20분 동안 천천히 달리도록 지시했다.

"운동선수에는 속근섬유가 많은 타입과 지근섬유가 많은 타입이 있습니다. 전자는 파워와 스피드가 뛰어나지만, 지구력이 없고 피로 회복이 느리기 때문에 경기 중에 점점 못 뛰는 선수입니다. 당시 마리노스에 있던 선수 중에는 오쿠, 타하라 유타카 등이 해당합니다. 반면, 후자는 지구력은 있지만, 스피드와 파워가 부족한 선수예요. 나카무라 슌스케가 전형적인 예라고 할 수 있지요.

중간섬유 타입이 가장 이상적이죠. 파워도 스피드도 지구력도 있습니다. 두트라(요코하마F마리노스에서 뛰던 브라질 선수), 유상철 등이 그랬어요. 지금 일본인 중에는 나카토모 유토(인터밀란), 사카이 코토쿠(슈투트가르트)가 해당합니다.

이 구별은 측정 결과로 알 수 있습니다. 젖산은 속근섬유를 썼을 때 나오는 부산물이죠. 즉, 속근섬유가 뛰어난 선수에게서 나오기 쉽고 피로가 회복하기 어렵습니다. 반면, 젖산은 지근섬유의 에너지원이기도 하기 때문에 지근섬유를 쓰면 원활하게 제거됩니다. 젖산 제거를 촉진해서 피로회복 효과를 높이기 위해서 오쿠 선수에게는 훈련 후에 느린 속도로 달리라고 권했습니다.

오쿠는 대단한 노력파입니다. 이 트레이닝을 매일 거르지 않고 성실히 했어요. 그 성과가 확실히 나와서 주력이 올라갔어요."

선수의 특징에 맞는 지도를 제대로 할 수 있을지 없을지는 피지컬 코치의 능력에 달려 있다. 브라질과 이탈리아에서 측정의 중요성을 깨달은 뒤, 그것을 일본의 지도 현장에서 실천해 온 이케다이기에 적절하고 정확한 대처가 가능했던 것이다.

이러한 과학적 접근과 오카다 감독의 팀 만들기가 시너지 효과를 내서 나스, 쿠보, 나카자와, 우에노 같은 선수들도 눈부시게 성장한다. 그 결과, 요코하마는 2003년과 2004년에 J리그 2연속 우승을 달성한다. 이케다도 코치로서 드디어 하나의 정상에 오를 수 있었다.

유소년 선수들에게 필요한 피지컬 코치의 역할

피지컬 코치들은 선수의
이야기 상대가 될 수 있어야 해요.

J리그 챔피언이 된 마리노스는 2005년, 아시아 제패에 본격적으로 시동을 걸었다. 일본 축구계는 2000년대 초까지 AFC챔피언스리그(ACL)를 진지하게 바라보지 않았지만, 2005년부터 여섯 대륙의 클럽 챔피언이 격돌하는 FIFA클럽월드컵이 시작되고 나서 달라졌다. 아시아 챔피언이 되면 UEFA챔피언스리그 우승팀, 코파 리베르타도레스 우승팀과 진검승부 할 기회를 얻을 수 있었다. 그것은 세계를 항상 의식하면서 싸워 온 구단이나 선수, 오카다, 이케다에게 더 바랄 나위가 없는 기회였다.

그런데 2005년은 'A3 챔피언스컵'이라는 한중일 3개국의 팀이 참가하는 국제대회가 오프시즌에 있었다. 마리노스도 2월에 제주도에 가야 해서 만족스러운 피지컬 강화를 할 수 없었다. 이 대회 참가 후, ACL과 J리그의 빡빡한 일정에 돌입하니 부상자와 컨디션이 떨어진 선수가 안 나올 수가 없었다. J리그 개막한 지 한 달이 지난 4월에는 급기야 야전병원처럼 되었다.

"당시에는 ACL에 참가하는 팀에 대해 일정을 배려해주지 않아서 선수들의 컨디션을 끌어올려야 하는 쪽에서는 상당히 고생했습니다. ACL은 J리그보다 일찍 시즌이 시작되는데다가 수요일에 ACL, 주말에 J리그라는 일정은 너무나 가혹했어요. 그래도 오카다 감독은 도전을 포기하지 않는 사람이죠. 중도에 등록선수 수를 늘려서 공식 경기에 2군 팀의 선수를 내보내는 방법도 썼지만, 결국, 팀의 경기력이 떨어졌습니다." 하고 이케다는 당시의 분한 마음을 밝혔다.

결국, 2005년은 ACL 조별리그에서 탈락하고 J리그에서도 9위라는 예상 밖의 결과로 끝났다. 팀도 중하위권을 맴돌았지만, 그 자신의 몸도 비명을 지르고 있었다.

후루카와 시절에 오른쪽 무릎을 다쳐서 유니폼을 벗은 이케다였지만, 상태가 일시적으로 좋아져서 제프 시절에는 선수 수가 부족하면 연습에 대신 나가기도 했다. 그러나 마리노스에서 2년째에 선수와 패스를 주고받던 중, 무리해서 왼쪽 발로 점프해서 컨트롤하려고 하다가 무릎에 엄청난 고통이 엄습했다. 이때부터 왼쪽 무릎을 매일 감싸게 되더니 서서히 오른쪽 무릎 상태도 나빠졌다. 새 감독이 오고 나서는 진통제를 먹지 않으면 시범을 보일 수 없게 되었다. 이 무렵에는 진통제를 매일 복용하고 있어서 피지컬 코치로서 감각이 둔해지는 것을 느껴야 했다.

오카다는 2005년 마지막 공식 경기였던 일왕배 5회전 가와사키프론탈레전에서 2-3으로 패한 뒤, 이동 중의 공항에서 이케다에게 말했다.

"나는 다음 해에 또 도전할 거야. 그러나 팀에는 변화를 주고 싶어. 너는 경력이 길고 선수들과도 가까우니까 영향력이 큰 사람이야. 그래서 미안하지만, 그만뒀으면 해."

이케다는 마음속에서 담고 있던 응어리를 직접 토해냈다.

"팀에 변화를 주지 않는 한, 마리노스는 어렵다고 봅니다. 저는 빠질게요."

그때의 심정을 그는 다음과 같이 설명했다.

"마리노스에서 일한 지도 벌써 7년이나 되었고, 제 의견이 잘 반영이 되어서 일하기 좋은 팀이 되었습니다. 오카다 감독은 워밍업부터 피지컬 트레이닝 모두를 저에게 맡겼어요. 그렇기 때문에 교체가 필요하다고 생각했어요. 더구나 저는 저를 '피지컬 핸디캡 코치(PHC)'라고 자칭할 정도로 무릎 상태가 나빴어요. 피지컬 코치는 감성이 날카롭지 않으면 선수의 세심한 부분을 볼 수 없습니다. 약까지 먹고 있었으니 말 다 했죠. 그런 상태로 팀을 맡을 수는 없었어요.

오카다 감독이 직설적으로 '나가달라'고 말해줘서 솔직히 마음이 가벼워졌습니다. 제가 '그만두고 싶다'고 말하려면 용기가 필요했어요. 결정해준 오카다 감독에게는 감사할 따름입니다. 빨리 몸을 치료해서 제 수준을 더 높이고 싶다는 생각밖에 없었어요."

그 대화를 끝으로 이케다는 성인 팀에서 빠지고 2006~2007년에는 유소년 팀을 맡게 되었다. 마리노스의 프라이머리(초등학교 3~6학년팀), 주니어유스(중학생팀), 유스(고등학생팀) 등 초등학교 3학년부터 고등학교 3학년까지 폭넓은 세대를 맡아서 사이토 마나부, 이쿠라 히로키, 오노 유지 등 250~260명의 피지컬 컨디션을 체크할 기회를 얻었다.

2008년에는 우라와레즈로 옮겨서 한국에서 일할 때까지 유소년 팀을 맡았다. 현재 프로팀에서 뛰고 있는 야마다 나오키, 하라구치 겐키, 야지마 신야, 다카하시 슌키 등을 가까이서 봤는데, 10대 선수들은 상상을 뛰어넘는 속도로 변화했다. 제프 시절에 프로 1군을 맡으면서 유소년 팀을 겸임하는 경우는 있었지만, 새로운 발견이 연이어 나와서 이케다는 지금까지 몰랐던 사실도 알게 되었다고 한다.

초등학교 고학년의 '황금기'는 신경계가 크게 발달하는 시기라고 한다. 그러나 실제로 지도 현장에서 보니 신경계는 더 빠른 단계에서 폭발적으로 성장했고, 초등학교 3~4학년이 마지막 정점이라는 것을 알았다. 거기서 스텝워크나 코디네이션의 트레이닝을 계속하면 정점이 지나도 신경계의 발달로 이어진다. 다만, 아이들에게 어느 정도의 훈련을 시켜야 한다는 기준이 없기 때문에, 모든 것은 지도자의 능력에 달려 있다.

이케다가 제프 시절에 본 중학생인 아베 유키도 여러 스텝을 익혀서 타고난 코디네이션 능력을 한 단계 더 높였다. 사토 히사토도 스텝워크를 놀라울 정도로 잘 익혀서 좌우 밸런스 감각과 움직임의 유연성 등이 좋아졌다. 프로로서 크게 꽃을 피운 선수의 성장 과정을 지켜본 이케다는 유소년 선수에게 무엇을 해주면 좋을지 감을 잡았다.

"발육은 아이마다 다르니까 지도자는 개개인의 상태에 따라 트레이닝 강도를 바꾸고 부상과 장해를 막아야 합니다. 구단에는 수많은 아이가 있어서 세심하게 다 보는 것은 정말 힘듭니다. 아직 많은 코치가 무보수로 봉사하고 있으니까 구단은 환경의 개선을 고려해야 해요. 그 분야에 맞는 코치를 두고 그중에서 우수한 코치에게는 높은 급여를 주는 환경을 만들어야 한다고 봅니다." 하고 이케다는 말했다.

특히 중학교 1학년 지도는 특별한 기술이 필요하다고 그는 잘라 말했다.

　중학교 1학년은 주니어에서 주니어유스로 올라가면서 그라운 드, 골대, 공이 바뀌고 연습량도 확 늘어나는 시기다. 개인차는 있 지만, 키와 몸무게가 급격히 증가하고 성장호르몬도 아이에 따라 대량으로 분비되기 시작한다. 또한, 학교도 바뀌고 공부도 어려워 져서 정신적인 스트레스도 커진다. 인간관계의 어려움에 고민하 기도 한다. 이러한 환경의 변화를 한꺼번에 맞는 중학교 1학년에 게는 특별한 보살핌이 꼭 필요하다고 이케다는 생각했다.

　"마리노스의 프라이머리(초등학교 3학년~6학년팀)에서는 평일 2 일과 주말밖에 연습하지 않지만, 주니어유스에 오르면 트레이닝 이 주 5회로 늘어납니다. 토요일과 일요일에는 아침부터 밤까지 공을 차게 되어서 부담이 커지죠. 그중 키가 크고 있는 선수에게 는 지구계 트레이닝이 중요하다고 알려졌는데, 신경계에 자극을 주는 일도 중요합니다.

　또한, 12~13세는 인간성의 본질을 바꾸고 사회성을 가르칠 수 있는 마지막 연령대예요. 팀을 위해서 성심성의껏 헌신할 수 있는 선수는 그 연령대에 그것이 얼마나 중요한 것인지 지도해야 합니 다. 나이를 먹으면 먹을수록 어려워지지만, 이 연령대는 비교적 쉬 우니 구단은 피지컬 면도 포함해서 확실히 가르칠 수 있는 사람을 배치하는 것이 중요합니다.

제프 시절에는 교사 경험이 있던 오키 마코토가 주니어유스를 비롯해서 유소년 연령대 전반을 보면서 학교 교육과 같은 방식으로 선수들을 가르쳤습니다. 당시에는 야마구치 사토시, 아베, 사토 히사토, 사토 유토, 야마모토 히데오미처럼 유소년 팀에서 올라와서 성공한 선수도 많았고 모두 인간적으로도 훌륭했어요. 구단의 방향이 올바른 덕이라고 봅니다.

'유소년 팀에 피지컬 코치는 필요 없다'고 생각하는 구단도 많지만, 저는 변화가 활발한 시기야말로 그런 스태프를 두어야 한다고 생각해요."

J리그 팀의 경우, 주니어부터 주니어유스, 유스로 순조롭게 올라가서 프로가 되는 선수를 '특출난 엘리트'라고 하는 경향이 있다. 그러나 그런 길을 밟은 선수만이 성공한 사람이 된다는 법은 없다.

이케다는 '유소년 팀 지도자는 선수에게 더 많은 선택의 길을 제시하는 것이 오히려 중요하다'고 잘라 말했다.

"클럽팀의 경우, 중학교 1학년 때 형성된 인간관계가 주니어유스, 유스로 올라가도 바뀌지 않는 일이 많아요. 발육이 늦은 아이는 몸집이 큰 아이보다 낮춰 보는 경우가 많고 나중에 급성장해도 정신적으로 열등감을 느끼기 쉽습니다.

그런 아이는 오히려 다른 곳으로 가라고 권하는 편이 좋아요.

실제로 나카무라 슌스케와 후지모토 쥰고도 마리노스에서 나가서 일류 프로 선수가 되었고, 혼다 케이스케도 감바오사카 유스로 오르지 못했지만, 세이료 고등학교로 가서 반전했지요. 마리노스의 아이가 우라와나 가시와 유스에 가도 되고, 그렇게 많이 오가는 편이 꺾이기 쉬운 재능을 건지는 데 도움이 됩니다.

'너의 앞날을 생각하면 환경을 바꾸는 것도 중요해'라고 논리적으로 조언해줄 수 있는 지도자가 많이 나오면 J리그 구단의 유소년 팀들도 더 좋아질 것이라 봅니다."

선수의 신체적 특징과 성장을 빠짐없이 파악하고 있는 유소년 팀의 피지컬 코치는 이런 판단을 내리는 데에 거침이 없다.

"선수는 감독과 소통하는 데 벽을 느낄지 모르지만, 우리 피지컬 코치들은 선수의 이야기 상대가 되어줄 수 있어야 해요. 정신적인 문제가 있을 때, 그것을 정리해주면 답답함이 사라질 테고, 극적인 성장을 촉진할 수도 있습니다. 컨디션을 다루는 우리에게 정신적인 부분은 빠뜨릴 수 없는 부분인 거죠.

축구 경험이 있는 피지컬 코치라면 몸의 성장에 맞는 기술적인 조언도 할 수 있습니다. 몸이 작은 아이는 힘이 없으니까 도움닫기 스피드를 살린 킥을 가르쳐주는 편이 좋아요. 일부 근육에 무리한 힘을 줘서 차면, 금방 다치거든요. 헤딩도 마찬가지입니다. 이것들을 할 수 있는 것도 뛰어난 유소년 팀 피지컬 코치의 조건이에요. 저는 유소년 팀을 경험하고 성인 팀보다 유소년 팀 쪽이 인성을 포함해서 넓은 범위의 많은 경험과 지식이 필요하다고 느꼈습니다. 어려울지도 모르지만, J리그나 일본 대표팀 등 높은 수준에서 뛰었던 사람이 유소년 팀의 피지컬 코치가 된다면, 아이들에게 큰 도움이 될 것으로 봅니다."

아이에서 어른이 되는 과정을 자세히 보면서 쌓인 경험은 큰 재산이다.

그런 재산을 안겨준 J리그 팀들에게 감사하는 마음을 가슴에 담고 이케다는 자신에게 부족한 것을 찾아 일본에서 아시아 무대로 날아올랐다.

CHINA

제3장

중국편

운동장에서 좋은 선수를 찾으라고 하면 자세를 보면 안다.
몸이 앞으로 기울어져 있는 선수보다는
고개가 들려 있어 시야가 좋은 선수를 찾으면 된다.

중국 슈퍼리그에
도전하다

내가 중국에 왔을 때 항저우에는
체지방률 15%를 넘는 선수가 적지 않았다.

▌기온 차가 심한 2013년 4월 하순의 오후. 중국 슈퍼리그 1부 팀 항저우뤼청의 20세 이하 팀에 소속된 20여 명의 선수가 일제히 서서 요요 테스트(일명 '삑삑이')를 시작했다.

마커로 그어진 20m의 거리를 9초 사이에 왕복하는 것부터 시작해서 서서히 속도를 높였다. 일정 시간 내에 스타트 지점으로 돌아왔을 때는 경고음이 울리는데, 두 번 울리면 그라운드에서 빠지도록 지시받는다.

"여기서부터 스피드를 올릴 거야. 잘 따라와 봐."

"확실하게 선을 밟아. 대충 넘어가지 마."

"여기에서 더 하면 힘이 붙어. 전력을 다해."

20세 이하 팀의 감독을 맡은 오노 타케시와 피지컬 코치를 맡은 이케다 세이고가 일본어로 격하게 소리 지를 때마다 어시스턴트 코치를 맡은 가오쇼우(전 중국 대표이자 후지쓰 팀의 수비수)와 통역이 그 말을 중국어로 재빨리 전달했다. 특히 그들은 "짜요(加油-중국어로 파이팅이라는 뜻)"라고 외치며 선수들을 고무시켰다.

속도가 붙자 한 사람, 두 사람 탈락해서 점점 선수 수가 줄어들었다. 측정은 20분 남짓 이어졌고 마지막 남은 선수가 속도를 따라잡지 못하는 시점에 끝났다.

이케다는 약 한 시간의 전술 훈련 후 상세한 결과를 선수들에게 보여주면서 개선점 등을 설명했다.

경험이 풍부한 피지컬 코치가 내민 구체적인 숫자를 보고 중국인 선수들은 진지한 표정으로 경청했다.

"요요 테스트는 오카다 감독이 일본 대표팀을 이끌 때도 했습니다. 항저우에서는 1군팀도 했고, 제가 맡고 있는 20세 이하 팀에서도 정기적으로 하고 있어요. 올해 1회째는 1월 하이난 합숙 때 했고, 2회째는 터키 안탈리아 합숙에서 돌아온 3월 초에 했어요. 3회째는 4월 말에 했습니다. 지구력에서는 눈부신 변화가 있었습니다. 그 밖의 측정에서도 파워 면에서 큰 개선을 보였습니다."

이케다가 중심이 되어서 계획하고 실천하는 피지컬 강화 효과를 20세 이하 팀의 오노 타케시 감독은 긍정적으로 평가했다.

그런 동료의 신뢰가 이케다의 큰 힘이 되었다.

"축구 선수의 체지방률은 10% 이하가 기준인데, 제가 왔을 때 항저우에는 체지방률 15%를 넘는 선수도 적지 않았어요. 유산소 트레이닝을 적극적으로 실시하는 등의 방법을 써서 겨우 체지방률이 떨어졌고 그 덕에 단단한 몸매의 선수가 늘어났습니다. 운동선수라는 프로 의식과 자기관리 능력 면에서 항저우 선수들은 아직 부족한 부분이 있었어요. 그것을 어떻게 바꿔야 할지……. 시행착오의 나날이 이어지고 있었습니다."

한국에 이어 두 번째로 온 이국, 중국에서 일본인 피지컬 코치는 새로운 도전에 온 힘을 쏟았다.

전 일본 대표팀 감독
오카다 타케시

오카다 감독은 잘 챙겨주고
함께 있으면 마음이 따뜻해지는 사람이에요.

▌ 2012년 8월 런던 올림픽을 마치고 9월에 귀국한 이케다는 계약이 남아 있던 우라와레즈의 육성 피지컬 어드바이스 일을 하면서 종종 한국에 가서 지도자를 대상으로 강연했다. 올림픽이 끝나도 바쁜 나날은 이어졌지만, 우라와도 한국 일도 2012년 말에 매듭을 짓게 된다. 한창 일할 50세 초반의 나이에 그는 앞으로의 처신을 생각해야 했다.

J리그의 세 팀을 거치면서 브라질 대표팀과 이탈리아 AC밀란의 피지컬 강화 방법을 보았고, 한국에서도 나라를 초월해서 큰 성공을 거둔, 일본 굴지의 피지컬 코치는 일본 축구계에서 피지컬 코치를 키우고 그들이 일할 수 있는 환경을 만드는 일을 하고 싶어

했다. 그러나 그 전에 자신의 기술과 경험치를 더 높일 필요가 있다……. 그런 마음도 진하게 남아 있었다.

오랜 선배인 오카다 타케시가 이케다에게 제의한 것은 바로 그 무렵이었다. 오카다 감독이 회상하며 말했다.

"2012년 초에 항저우에 와서 처음에는 저하고 오노 타케시 둘이서 1군팀의 피지컬 강화를 해봤지만, 선수들이 전혀 뛰지를 못했어요. 항저우는 여름이 되면 기온이 40도를 넘을 정도로 무덥거든요. 그래서 정말 뛰지 못했어요. 특별한 피지컬 강화가 필요하겠구나 하고 통감했죠. 이전 팀들은 제가 시키는 훈련만 하면, 특별히 피지컬 훈련을 안 해도 괜찮았는데, 이 팀은 힘들겠다고 판단했어요. 그래서 세이고를 불러들였죠.

런던 올림픽이 끝나기 전부터 연락은 하고 있었습니다. '올림픽이 끝나면 뭐 할 거야?'라고요. 만일 홍명보가 한국 대표팀 감독이 된다면 자기도 따라가야 한다고 생각했던 모양이에요. 그런 이야기를 하던 중에 제 제안을 받고 중국에 오는 결단을 내려주더군요.

피지컬 코치는 일본에 많이 있는 것 같지만 사실 별로 없어요. 브라질 코치도 찾아봤지만, 아무래도 영어를 못하면 저하고 말이 안 통해서 힘들죠. 통역을 두고 소통을 한다는 건 좀 어렵거든요. 더구나 피지컬에 관해서는 저도 생각이 있어서 그것을 잘 따라줄 만한 코치가 아니면 안 되지요. 세이고라면 일본어로 세밀한 부분까지 이야기할 수 있고 제 생각을 반영해서 해줍니다. 제프나 마리노스에서 함께 일해봐서 잘 안다는 점이 컸지요."

이케다도 오카다라면 자기가 일하기 편한 환경을 마련해줄 것이라는 점을 알고 있었다.

이케다는 구체적으로 지시해서 선수들의 체력 상태를 최적으로 끌어올린다.

오카다라는 감독은 스태프뿐 아니라 스태프의 식구들도 챙기는 사람이다. 마리노스 시절에도 차이나타운에서 식사 자리를 마련하거나 고텐바(御殿場) 1박 여행에 데리고 가는 등 팀의 결속을 높이는 일을 중시했다. 일본 대표팀 감독 때도 스태프와 식구 모두를 2박 3일 홋카이도 여행에 초대했다. 물론 비용이 몇백만 엔이나 들었지만, 스태프를 존중하고 일하기 편한 환경을 갖추기 위해서 흔쾌히 한 일이다.

세심하게 배려해주는 오카다 감독과 함께라면 마음껏 도전할 수 있다고 이케다는 확신했다고 한다.

　"오카다 감독은 잘 챙겨주고 함께 있으면 마음이 따뜻해지는 사람이에요. 밖에서 보는 '오카다 타케시'와 안에서 보는 '오카다 타케시'은 전혀 달라서 늘 매니저처럼 배려해주죠. 스태프의 가족까지 생각해서 행동으로 옮기는 감독은 흔치 않아요. 그런 감독이니까 우리 식구도 흔쾌히 중국 가는 것을 OK 해줬습니다. 한국에 이어 또 집에서 떨어지는 것은 솔직히 미안한 마음도 있었어요. 하지만 미지의 환경에 몸을 던져서 다시 한 단계 수준을 올리고 싶다는 마음이 아주 강했습니다. 그래서 결심했죠."

　2013년 새해가 시작되자마자 이케다는 일본을 뒤로하고 항저우라는 신천지로 갔다.

항저우뤼청의
목표

AFC챔피언스리그를 제패한 광저우헝다를
필두로 중국팀들은 엄청난 투자를 하고 있었다.

▌ 약 800만 명의 인구를 자랑하는 항저우는 중국 화동지구 중부
에 있는 저장성(浙江省)의 성도(省都)이며 성인민정부(省人民政府)
가 있는 곳이다. 중국 경제의 중심인 상하이에서 고속철도로 1시
간, 차로 2~3시간 거리이며, 상하이의 베드타운이라고 할 정도로
중요한 도시이다.

　시후(西湖)와 시시(西溪) 습지공원은 관광지로서 유명하고, 중국
각지와 해외에서도 관광객이 끊임없이 오고 있다. 그러나 공공 교
통기관이 지하철 하나밖에 없어서 주변은 늘 교통체증이 심하다.
항저우뤼청의 연습장인 '뤼청 축구훈련기지'는 서쪽의 멀리 떨어
진 교외에 있어서 시가지에서 이동하려면 차로 1시간 이상은 족

히 걸린다. 교통 여건이 나쁜데다가 외국인은 국제면허증을 쓸 수 없다. 한국에서는 자유롭게 차를 운전해서 이동했던 이케다도 항저우에서는 구단 운전기사의 차에 의존할 수밖에 없었다. 이른 아침이나 늦은 밤, 클럽하우스로 이동할 때도 오카다 일행과 함께였다. 게다가 편도 1시간 가까이 걸릴 때도 있어서 스트레스가 쌓였다. 이런 교통 문제는 일본인 스태프의 고민거리였다고 한다.

항저우뤼청을 맡은 오카다 감독은 특히 어려운 여름 컨디션 조절을 위해 이케다를 불러들였다.

항저우뤼청(영문명 항저우그린타운)이라는 클럽은 항저우를 홈으로 하는 중견 클럽이다. 중국 부동산업계에서 4년 연속 10위 안에 든 항저우의 대형 부동산 기업 뤼청 그룹(綠城集團)이 메인스폰서다. 뤼청 그룹의 쑹웨이핑(宋衛平) 회장은 축구에 투자를 아끼지 않으며 유소년 육성의 중요성도 이해하고 있다. 뤼청 축구훈련기지에는 성인팀, 20세 이하 팀, 18세 이하 팀 이외에도 중학생, 초등학생이 연습하는 구장이 9면이나 있고 연령대마다 숙소, 학교, 식당 등이 충실하게 완비되어 있다. 선수들이 훈련 후, 바로 영양 균형이 잡힌 식사를 할 수 있고 쉴 수 있는 시설이 마련된 것도 구단주의 노력 덕이 크다. 이런 면이 좋은 평을 받은 탓인지 지역 서포터즈에게 인기도 높다. 그 구단주에게 직접 제안을 받은 오카다가 감독이 되어 2012년부터 팀을 보완하기에 이른 것이다.

하지만 경제 성장이 가파른 중국에는 항저우뤼청 이상으로 투자하는 팀이 다수 있다. AFC챔피언스리그(ACL)를 제패한 광저우형다, 상하이선화, 산둥루닝, 베이징궈안 등은 파격적인 자금력을 보유하고 있다. 그 선두에 있는 광저우형다는 연간 운영비가 1천억 원이 넘는다. 이 팀의 감독은 2006년 독일 월드컵에서 이탈리아 대표팀을 우승시킨 명장 마르첼로 리피이며, 외국인 선수도 이탈리아 대표 알레산드로 디아만티, 브라질의 엘케손, 무리퀴, 한국 대표팀 수비수 김영권 등 걸출한 선수들이 즐비하다. 가시와레이솔에서 뛰는 클레오조차 2012년 광저우에서는 대기 선수였으니 얼마나 높은 수준인지 알 수 있을 것이다. 중국인 선수도 중국 대표팀의 장린펑, 정쯔, 황보원 등 실력 있는 선수가 즐비하다. 아시아 수준을 뛰어넘는 파격적인 자금력을 자랑하는 팀이라고 할 수 있다.

이러한 빅클럽들의 파괴력에 밀려 2012년 항저우뤼청은 중국 슈퍼리그에서 16팀 중 11위에 그쳤다.

오카다 감독은 가깝고도 먼 타국에서 보낸 첫 시즌을 이렇게 회상한다.

"제가 이 팀에 오려고 한 것은 19세 이하 팀에 대단한 재능의 선수들이 있었기 때문입니다. 일본 대표팀 감독도 두 번 해서 이제 축구 지도자를 할 생각은 없었는데, 그들을 잘 키우면, 패스를 통한 공격을 할 수 있는, 재미있는 축구를 할 수 있겠다는 기대가 있었죠.

그래서 결심하고 항저우에 왔는데, 실제로 싸워보니 아직 통하는 수준이 아니었어요. 여러 가지 시도를 해봤지만, 어렵겠다고 판단해서 중간에 수비 중심으로 하다가 역습하는 전술로 바꿨습니다. 2부로 강등될 가능성도 있어서 그렇게 할 수밖에 없었어요."

중국 사회의 어려움과 정신력의 차이에 당황하는 경우도 적지 않았다. 오카다는 1년만 하고 일본에 돌아갈 생각도 했다. 하지만 구단주와 서포터들은 절대적인 믿음을 오카다에게 계속 보여줬다. 만족스럽지 못한 성적을 남겼는데도 리그 마지막 경기 뒤에는 오카다 타케시의 중국어 발음인 '간티엔우시'를 서포터들 모두가 함께 외쳤고, 얼굴 사진이 들어간 큰 깃발도 흔들었다. 이에 오카다 자신도 마음을 빼앗겼다고 한다.

"서포터들도 대단한 성원을 보내주었고, 선수들도 어떻게든 따라오려고 했어요. 그래서 다시 한 번 도전하기로 생각했죠." 하고 지휘관은 연임의 의지를 보였다.

그러나 지난해와 똑같은 진용으로는 더 나은 성적을 기대할 수 없었다. 우선 선수를 보강하기 위해 일찍 움직였다. 독특한 중국 이적 시장의 벽 탓에 생각대로 되지 않아 애먹었지만, 할 수 있는 노력은 다했다.

그와 함께 스태프 보강도 꼭 필요한 과제였다. 2013년은 중국 스포츠계에 특별한 해였다. 8월 31일부터 9월 12일에 걸쳐 '전국 운동대회'가 개최되기 때문에 그를 위한 스태프의 보강도 필요했다. 이것은 한국의 전국체전과 비슷한 대회이지만, 규모나 이상에서 차원이 다르다. 오노 감독이 '올림픽에 필적할 정도로 가치가 있다고 생각한다'고 말했듯이 결과에 따라 공직자의 출세와 장래도 결정된다. 그래서 저장성(浙江省) 체육국의 공직자는 "중국 슈퍼리그는 어찌 되든 상관없으니까 전국운동대회에서 이겨줘"라고 오카다 감독과 오노 감독에게 요구했다.

이 큰 대회에 항저우뤼청은 저장성 대표로 18세 이하, 20세 이하 팀이 나가야 했다. 1차 예선은 전국 16팀이 참가한다. 2팀씩 4그룹으로 나뉘어 리그를 해서 각 조 3위 이상 12팀이 2차 예선에 진출한다. 2차 예선에서는 6팀 2그룹씩 나뉘어 리그를 해서 각 조

3위 이내와 4위끼리 붙어서 이긴 7팀이 전국대회에 올라가 개최지 랴오닝 성을 포함한 8팀이 우승을 다툰다. 힘든 예선을 통과한 팀만이 모인 대회인 만큼, 격렬한 싸움이 되는 것이 당연했다.

정치도 엮인 이 대회를 외면할 수 없었던 오카다 감독은 20세 이하 팀 감독에 1997년 프랑스월드컵 최종예선 때부터 같이 일해 온 오노 타케시, 18세 이하 팀 감독에 콘사도레삿포로, 오이타트리니타, 가와사키프론탈레 등 J리그 7팀을 지휘했던 이시자키 노부히로를 배치했다.

18세 이하 팀, 20세 이하 팀, 성인팀을 지원하면서 분석과 스카우트를 담당하는 스태프로 런던 올림픽 일본 대표팀 코치였던 무토 아키라를 일본에서 불렀다. 이케다에게도 세 팀을 모두 담당하는 피지컬 코치직을 맡겼다. 그 밖에 지난해부터 스태프이었던 전 제프유나이티드 트레이너 시마무라 요시타카, 일본어가 유창한 20세 이하 팀 코치 가오쇼우, 18세 이하 팀 코치 니카이 도유 등 일본 축구계의 스태프 총 8명이 구단의 수준 향상에 투입되었다.

"처음에 18세 이하 팀은 학교 관할이니까 안 봐도 된다고 했는데, 구단 측에서 '일본인 지도자를 불러 달라'고 해서 이시자키 코치를 불렀습니다. 무토 코치도 유소년 팀부터 성인팀까지 폭넓게 일할 수 있는 인재라서 데려왔어요." 하고 오카다 감독은 새 코치진을 선발한 이유를 설명했다. 실제로 이 정도로 호화로운 코치진은 J리그 팀에서도 보기 힘들다. 오노 감독도 "우리는 전문가 집단이에요. 각각의 영역을 잘 아는 전문가가 서로의 영역을 존중하면서 머리를 맞대면 상승효과가 있습니다"라고 단언했다.

좋은 환경 속에서 이케다는 새로운 팀에서 일을 시작했다.

중국 축구의
실상

힘든 상황이었지만,
이케다는 묵묵히 맡은 일을 했다.

▌ 2013년 중국 슈퍼리그가 3월 10일에 개막한다는 사실은 이케다가 중국에 건너가기 전부터 정해져 있었다. 그런데 기다리고 기다리던 경기 일정이 나오지 않다가 개막 1주일 전에 상반기 일정이 발표되는 사태가 일어났다. 이것이 이 나라의 실상이었다.

장기적인 관점에서 선수와 팀 전체의 피지컬 강화를 생각해야 하는 이케다로서는 이 운영 방식의 차이가 당혹스러웠지만, 어쨌든 한 시즌을 싸울 수 있는 몸을 하나하나 만드는 일에 집중했다.

1월 4일에 현지에 가서 처음 했던 일은 체력 측정이었다. 1994년 미국 월드컵에서 우승한, 브라질 대표팀 피지컬 코치였던 모라시 산타나가 피지컬 능력을 정밀하게 측정해서 선수 개개인의 강화 방법을 정한 것처럼 이케다도 젖산치, 민첩성, 파워 등을 차례로 측정했다. 항저우뤼청의 훈련장에는 설비가 없기 때문에 저장성의 체육학교에 가서 18세 이하 팀, 20세 이하 팀, 성인팀과 각 연령대 선수, 합계 50명을 꼬박 이틀에 걸쳐서 측정하는 일은 무척 힘든 일이었다.

이어서 2013년 1월 7일부터 1차 합숙에 들어갔다. 장소는 하이난이었다. 광둥성과 베트남에 가까운 남시나해 북부 섬이다. 1년 내내 따뜻해서 휴양지로서 알려진 곳이지만, 실제로 가보니 기온 10도를 밑도는 예상 밖의 추위가 이어졌다. 그런데도 숙소에는 냉방 장치밖에 없어서 이케다를 비롯한 코치진은 난로를 10개 이상 조달해서 견뎌야 했다.

"규슈나 오키나와 등 일본의 전훈지는 잘 관리된 잔디 구장이 2면 정도 있고 트레이닝 체육관과 수영장도 붙어 있는 것이 당연하죠. 그러나 하이난 전훈지는 여름 잔디라서 경기장 상태가 아주 나빴어요. 그래도 운동장 2면을 쓸 수 있어서 다행이었지만, 수영장과 체육관은 없었습니다. 숙소도 인터넷이 잘 안 되었어요. 추위 때문에 운동복에 양말을 신고 잤습니다. 전기난로를 사러 가는 데도 애먹었어요. 매일 아침 운동장과 숙소 사이의 길을 소가 몇 마리나 활보했어요. 이국의 느낌을 듬뿍 받았죠." 하고 이케다는 쓴웃음을 지었다.

3주간의 합숙에 참가한 사람은 성인팀 15명, 20세 이하 팀 25명, 18세 이하 팀 25명으로 총 60명이었다. 오카다 감독은 큰 기대를 걸고 있던 젊은 선수들의 수준 향상을 꾀했지만, 중국이라는 나라는 '권력자의 한마디'로 모든 것이 바뀌는 나라였다. 팀에 두고 싶었던 젊은 선수를 느닷없이 23세 이하 중국 대표팀에 빼앗기는 예상 밖의 사건도 일어났다.

　오카다 감독은 예기치 않은 사건의 경위를 다음과 같이 설명했다.

　"중국 대표팀이 월드컵과 올림픽 출전권을 놓쳐서 국가체육국으로부터 압력을 받았다는 소문입니다. 그 탓인지 A대표팀과 23세 이하 팀이 스페인 원정을 급히 떠나게 된 것 같아요. 가장 중요한 하이난 전훈 때에 20세 이하 선수를 여섯 명이나 데려갔습니다.

　안타깝게도 스페인에서는 경기 일정이 전혀 짜여 있지 않아서 상대할 팀도 없었어요. 결국, 중국인 유학생 팀과 경기해서 연습도 제대로 못 하고 돌아왔습니다. 선수들도 완전히 뒤처지는 상황이 되었지요."

　기대했던 전력으로 끌어올리기 힘든 상황이었지만, 이케다는 묵묵히 맡은 일을 할 수밖에 없었다. 오전에는 7시부터 18세 이하 팀과 20세 이하 팀에 20분씩 러닝을 시키고, 9시 반부터 성인팀과

20세 이하 팀의 훈련, 11시부터 조절이 늦어진 새 브라질 선수 마조라와 오른쪽 사이드백 왕린의 피지컬 강화를 개별적으로 지도했다. 오후에는 1시부터 18세 이하 팀의 피지컬 트레이닝을 1시간 정도 하고 3시부터 성인팀과 20세 이하 팀을 훈련시켰다. 그것이 끝나면 20세 이하 팀의 피지컬 트레이닝으로 이케다의 하루는 눈코 뜰 새 없이 지나갔다.

"쉬다 온 선수들은 몸이 되어 있지 않아서 1일 8,000m 정도의 긴 거리를 달리는 일부터 시작해서 10분 달리기, 5분 달리기로 서서히 거리를 줄이는 대신 세트 수를 늘렸어요. 스피드를 올려서 심폐 기능을 높였죠. 선수 개개인의 상태에 따라 3~4그룹으로 나누고 부하와 강도를 바꾸면서 임기응변식으로 대응했습니다.

시즌 때는 마리노스 시절 오쿠 다이스케에게 권했던 것처럼, 지구력과 모세혈관을 넓혀서 피로회복 능력을 높이는 '롱 슬로우 디스턴스(LSD-Long Slow Distance)'라는 달리기 방법이 효과적입니다. 특히 속근섬유 타입의 선수에게는 LSD를 의식적으로 시켰습니다."

도중에 합류한 마조라는 작년 11월 초에 리그가 끝난 뒤, 브라질로 돌아가서 2개월 동안 아무것도 안 하고 있었다. 기후가 달라서 갑자기 부하를 주면 분명히 부상으로 이어진다. 체지방률도 큰 폭으로 높아져서 지방을 떨어뜨리는 유산소운동부터 시작했다.

체지방을 떨어뜨리려면 분당 140m(시속 8.4km) 정도의 느린 속도로 1회 20~30분, 1일 2~3번 달리는 것이 효과적이다. 물론 식사 조절도 꼭 필요하다. 기름진 음식을 많이 먹거나 영양 균형이 맞지 않는 식사는 아주 좋지 않다. 감자를 먹는다면 프라이드 포테이토가 아니라 베이크 포테이토에서 버터를 뺀다든가 감자를 찌는 등, 조리법을 달리 하면 칼로리 섭취량을 줄일 수 있다. 이런 방법도 마조라와 중국 선수들에게 설명했다. 하이난 합숙에서 나온 중국 요리는 너무 기름져서 마조라도 많이 먹지 못했기 때문에 체지방을 줄이는 데 급피치를 올릴 수 있었다고 한다.

지방연소를 위한 LSD 달리기를 시행함과 동시에 근력 강화도 적극적으로 시켰다. 이케다는 '기구로 하면 몸 전체의 근육 밸런스가 무시되어 하나의 근육밖에 단련되지 않는다'고 생각했기 때문에 기본적으로 기구는 쓰지 않았다. 코어(body core)와 자세를 바꾸면서 천천히 올리고 내리는 동작을 정확히 반복해서 축구에 필요한 근육을 자연스럽게 단련하는 방법을 썼다.

하이난 합숙은 1월 하순에 끝났다. 며칠 쉬고 2월 말부터 터키 안탈리아에서 2차 합숙에 들어갔다.

안탈리아는 유럽 굴지의 전훈지로서 유명한 곳이다. 전에는 산프레체히로시마와 제프유나이티드도 오프시즌 때 여기서 캠프를 차렸다. 2013년 1~2월에도 2,500팀이라는 엄청난 수의 팀이 와서 연습경기로 컨디션을 조절했다. 전 일본 대표 마쓰이 다이스케가 소속된 슬라비아소피아도 현지에 와서, 오카다 감독은 2010년 남아공 월드컵 16강에 공헌한 제자와 오랜만에 재회했다.

수많은 팀이 모이기 때문에 안탈리아에는 수백 개의 호텔과 몇 천 개의 구장이 있었다. 구단의 자금력과 수준에 따라 쓰는 시설이 다른데, 항저우뤼청은 중간 수준의 시설을 썼다. 20세 이하 팀 5~6명이 성인팀에 포함된 25명이라는 소수정예 체제로 팀 전력의 향상을 꾀했다.

이케다는 2차 합숙 3주간을 회상한다.

"오카다 감독의 방침에 따라 빡빡한 페이스로 경기를 소화했습니다. 불가리아, 체코, 헝가리 등 여러 나라의 팀과 붙을 수 있는 것은 팀으로서 좋은 경험이었죠. 저도 하이난 합숙 때처럼 세 팀을 동시에 맡지 않고, 성인팀 선수에만 집중할 수 있어서 마음의 부담을 상당히 덜었어요.

다만, 상대 팀이 쉽게 결정되지 않아서 애먹었습니다. 현지에 가면 희망하는 대로 경기를 할 수 있다고 들었는데, 바로 정해지지 않았어요. 다음 날 연습경기가 갑자기 취소되는 등의 문제도 있었습니다. 그럴 때는 오카다 감독과 상의해서 훈련 내용을 바꿀 수밖에 없었죠. '예정대로 일이 진행되지 않아서 못 하겠다'고 말하면 프로가 아니죠. 지금 환경 속에서 어떻게 효과를 올릴지 지혜를 짜냈어요."

　선수의 컨디션이 고르지 않은 문제는 하이난 합숙에서 거의 해
결했지만, 새로 들어온 코트디부아르 공격수 앙간, 요코하마F마리
노스에서 임대한 오구로 마사시 등 외국인 선수는 다소 늦게 안탈
리아부터 팀에 합류했다. 체코 미드필터 마렉의 합류는 더 늦어졌
기 때문에 그들의 컨디션 관리에는 특별한 배려가 필요했다. 그런
어려움이 있었지만, 이케다로서는 일단 순조롭게 컨디션 조절할
수 있었다고 한다.

중국 선수들의
프로 의식

선수들이 '이런 훈련이 의미가 있을까?' 하고
부정적으로 생각하게 되면 훈련 효과를 얻을 수 없다.

두 번의 합숙을 거쳐 팀은 2월 말에 드디어 항저우로 돌아왔다. 하지만 합숙에서 모처럼 몸에 붙은 좋은 습관을 멈추면 선수들의 컨디션이 다시 떨어질지 모른다. 특히 재능이 많은 20세 이하 팀에 그런 상황이 생기면 팀에 마이너스다. 그래서 오노 감독은 하이난 합숙부터 시행했던 아침 러닝을 계속하기로 했다.

오노 감독도 그 의도와 효과를 다음과 같이 강조했다.

"원래 달리기는 세이고 코치의 조언에 따라 한 것이지만, 아침에 몸을 움직이고 아침 식사를 하면 몸에 확실히 시동이 걸립니다. 오전 중에 1시간 반 훈련을 한다면, 한 번 시동이 걸린 채로 하는 것과 기아를 넣는 데 또 30~40분 쓰는 것은 전혀 달라요. 아침

7시 전에 일어나서 준비하는 것부터 취침 시간을 포함한 생활 습관을 바꾸는 것도 큰 플러스가 됩니다."

이 러닝을 계속하기 전에 오노 감독과 선수들은 '하나의 계약'을 맺었다. 3월 하순, 오노 감독은 20세 이하 선수들을 모아놓고 이렇게 물었다.

"전국운동대회까지 몇 개월은 프로축구선수로서 정말 큰 시간이 될 것이다. 그 대회에서 진심으로 우승하고 싶은지 묻고 싶다.

너희 인생을 이래라저래라 말하지 않겠다. 밖을 보면 같은 나이에 여자애와 술을 마시고 노래방 가서 노는 사람도 있다. 그게 부러워서 그런 인생을 선택하고 싶다면, 나는 전혀 상관없다. 나도 아침마다 5시 반에 안 일어나도 되니까.

하지만 진심으로 우승하고 싶다면 무언가 희생해야 한다. 진심으로 한다는 것은 그렇게 간단한 일이 아니야. 적어도 앞으로 몇 개월은 구장에 나올 때 이외에도 진심으로 해야 한다. 그런 각오가 없으면 목표는 이룰 수 있을 리 만무하다." 하고 오노 감독은 단호하게 말했다. 그리고 선수들은 입을 맞춰서 이렇게 말했다.

"진심으로 우승하고 싶어요."

"저는 이때 하나의 방향을 확인할 수 있었어요"라며 오노 감독은 긍정적으로 봤다.

"그 뒤에도 약한 소리를 하는 선수, 의욕이 없는 선수가 있으면

'언제든 그만둬도 돼. 솔직히 말해'라고 항상 말했어요. 하지만 어쨌든 지금까지 계속하고 있습니다. '몸이 가벼워졌어요'라든가 '알람이 없어도 일어날 수 있게 되었어요'라는 선수도 있고, 확실히 몸들이 좋아졌습니다.

남이 시켜서가 아니라 스스로 결심해서 한다는 자세가 없으면, 무슨 일이든 효과가 안 나와요. 축구는 잘 뛰지 못하면 할 수 없고 즐겁지 않아요. 그런 것을 그들이 조금씩 알게 된 것이 기쁩니다."

항저우 20세 이하 팀의 감독 오노 타케시는 피지컬 전문가인 이케다의 지식 덕에 스태프 내의 의견이 다양해졌다고 말한다.

그러나 선수들은 처음부터 긍정적인 자세를 보였던 것은 아니었다. 비가 오든 눈이 오든 당연하다는 듯이 달리던 한국 대표팀 선수들을 봐왔던 이케다는 큰 차이를 느꼈다고 한다.

"항저우에 와서 처음에 '아침은 가볍게 달리는 편이 좋다'고 제가 말했을 때, 선수들은 무표정하게 저를 봤습니다. 속으로는 '웃기네' 하고 생각했을 거예요. 실제로 늦잠을 자거나 '그런 게 몸에 좋을 리가 없어요'라며 그라운드에 오지 않는 선수도 적지 않았어요.

생각해보니 지금까지 그들은 이렇게 힘든 훈련을 한 적이 없었지요. 지도자나 부모로부터 강한 요구를 받은 적도 없거니와 스스로 알아서 하는 자세도 없어요. 트레이닝은 자신이 착실하게 노력을 거듭해서 성과를 내봐야 비로소 계속할 수 있습니다. 그런 성공 체험이 그들에게는 없어서 '왜 아침부터 달려야 하지?'라는 의문이 머리에 가득했던 거죠.

제가 맡았던 런던 올림픽팀의 한국 선수들은 자기관리 능력이 대단히 뛰어났어요. 살짝 조언만 했는데도 매일 아침 스스로 그라운드를 달렸습니다. 한국의 경우는 엘리트 교육 덕에 정상급 선수들은 할 것은 철저하게 하는 습관이 어렸을 때부터 배어 있어요. 일본, 한국, 중국을 비교했을 때, 자기관리 능력은 한국이 압도적으로 낫다고 통감합니다.

그런 한국의 젊은 선수들과 함께한 직후에 항저우에 오니 솔직히 충격을 받았지만, 저도 마음을 단단히 먹고 습관이 될 때까지 강제로 시킬 수밖에 없어요. 사실 본인들에게 기회를 주고 깨달을 때까지 기다리고 싶지만, 우리도 프로 집단이에요. 시간에 여유가 없으니 할 수 없어요." 하고 이케다는 마음먹었다.

오카다 감독과 오노 감독은 항저우에 온 직후부터 중국 선수들의 정신 상태에 크게 놀랐다고 한다. 일본에서는 있을 수 없는 사건이 자주 일어나서 오카다 감독도 어이가 없었다.

경기 전날을 보내는 법을 예로 들자면, 안방경기든 원정경기든 프로 선수라면 호텔이나 숙소에서 지내는 것이 당연할 것이다. J리그 팀이나 대표팀도 그게 보통이다. 숙소에 들어간 뒤에는 팀 전체가 식사하고 사기를 높이면서, 미팅에서 전술과 정신적인 부분을 확인하고 조금이라도 좋은 플레이를 할 수 있도록 선수마다 몸을 추슬러서 다음 날 경기에 대비하는 것이 일반적이다.

그런데 중국 선수들은 어느 틈에 호텔을 빠져나가 여자와 놀러가는 행동을 아무렇지도 않게 했다. 오카다 감독은 쓴웃음을 지으면서 첫 시즌의 일화를 말했다.

"어떤 경기 때는 나중에 알았지만, 선수 5명 정도가 호텔에 없었어요. 통금시간이나 외출금지는 경기 전날이니까 말할 필요도 없다고 생각해서 잠자코 있었더니 '통금시간에 대해 들은 적 없다'라든가 '꼭 호텔 방에서 자야 한다는 말을 듣지 못했다'라고 선수가 변명해서 정말 놀랐습니다.

경기 당일 3시간 전 간식 시간에도 오지 않는 녀석도 있었어요. '난 안 먹는 편이 좋다'라든가 '자는 게 더 좋다'라고 변명하는 인간도 있어서 하나부터 열까지 이래라저래라 해야 했습니다.

중국인 코치는 '밤에 모든 방을 돌아다니며 확인해야 한다'고 했지만, 그렇게 하면 언제까지나 성장하지 못하죠." 하고 지휘관도 골머리를 앓았다.

결국, 참다못해 내보낸 선수도 있었다.

"그 녀석은 원정 당일이 되어서야 '몸 상태가 나쁘다'고 말했어요. 허겁지겁 다른 선수를 불러서 공항에 갔지만, 비행기가 뜨지 못해서 다음 날 출발하게 되었어요. 그래서 그 선수 몸 상태가 괜찮아졌으면 다시 넣으려고 했더니 숙소에 없는 겁니다.

어디에 갔을지 이상해서 알아보니 항저우에서 5시간 정도 걸리는 신강(新疆)에 있는 집에 무단으로 돌아갔더군요. 그 녀석은 경기 때도 호텔을 빠져나갔고 지각도 자주 해서 몇 번이나 혼냈는데, 그때만큼은 용서할 수가 없었어요.

'나는 너를 믿고 있었다. 배신하면 용서하지 않겠다고 약속했는데……. 두 번 다시 오지 마!' 하고 내보냈어요. 본인은 '왜 갑자기 엄격해지시는 거예요? 처음에는 벌금으로 하고 다음에는 근신 같은 순서가 있어야 하지 않나요?'라고 매달렸는데, 그런 문제가 아니었죠.

2년째는 꽤 좋아졌지만, 아직 진정한 프로 의식을 가진 중국 선수는 적다고 봅니다."

한국, 일본과 다른
중국의 축구 환경

선수가 아이도 아니고 보챈다고 안아주기만 하면 안 된다.
100%로 할 수 없다면 훈련도, 경기도 해선 안 된다고 생각한다.

▌ 중국 선수들은 왜 자신에게 엄격하지 못하고 프로 의식이 낮을까? 그 원인의 하나로 2014년 초까지 유지되었던 '1가구 1자녀 정책'를 드는 사람도 있다.

일본 축구 선수 중에서도 나카무라 슌스케나 엔도 야스히토처럼 형제가 많은 집의 동생이 성공하는 경우가 적지 않는데, 역시 형제가 있어서 어렸을 때부터 절차탁마한 사람은 정신력이 강해진다. 하지만 외아들은 그럴 기회가 거의 없다. 부모와 조부모, 친척들에게 맹목적인 사랑을 받으며 응석받이로 자란다. 그렇게 되면 인내심이나 강한 정신력은 아무래도 길러지기 어렵다.

오카다 감독은 이를 "뿌리가 자라지 않았다"고 표현했다.

"항저우의 19, 20세 이하의 젊은 선수들은 재능은 있지만, 아직 멀었어요. 그건 하루아침에 바뀌지 않습니다. 위에서 물과 비료를 줘서 자랐으니까 뿌리가 깊게 내리지 않아도 괜찮은 거죠. 이 상황을 조금이라도 개선하려고 우리는 일부러 물과 비료를 주지 않고 있습니다. 말라죽는 선수도 나오겠지만, 뿌리를 내리게 하려면 할 수 없어요. 뿌리를 내리는 데 맞는 나이가 있어서 지금부터 하면 어려울지도 모르지만, 그래도 해야 합니다.

구체적으로 무엇을 하는가 하면 20세 이하 팀에서 성인팀으로 오른 8명을 다시 유스로 떨어뜨리거나 일부러 경기에 내보내지 않는 등 여러 방법을 쓰고 있습니다. 그런데 선수 부모로부터 '왜 우리 애를 안 씁니까?'라고 구단에 전화가 와요. 외아들이니까 부모도 늘 마음이 쓰이죠. 그런 이야기를 코치한테서 들을 때마다 마치 극성 학부모 같아서 머리가 아파요." 하고 오카다 감독은 허공을 봤다.

오노 감독은 중국 선수들끼리 경쟁이 적은 점이 다부진 정신력을 키우는 데 걸림돌이 된다고 생각했다. 실제로 중국에서는 축구 인구가 최근 몇 년 동안 줄고 있었다.

"요즘 중국은 부모가 자기 아이에게 축구나 다른 운동을 시키지 않으려 하는 경향이 있어요. 운동할 시간이 있으면 공부하는 편이 낫다고 생각하는 거죠. 반대로 축구를 하는 젊은 선수들은 공부할 시간이 있으면 축구하는 편이 낫다며 학교 수업을 소홀히 하는 경향이 있습니다. 중국의 축구 선수 인구가 줄어드는 것도 이런 악순환이 있기 때문이 아닌가 생각해요.

축구는 적은 수의 선수에 집중투자해서 폐쇄적인 환경 속에서 실력을 키우는 것이 어려운 스포츠입니다. 널리 보급해서 각 지역에서 경기를 통해 강하고 기술 있는 선수가 나오게 하는 구조를 만들지 않으면 힘들어요.

경쟁이 적은 이 상황은 옛날 일본과 아주 비슷합니다. 일본도 열심히 하지 않는 천재가 떠오르다가 실패하는 경우가 되풀이됐습니다. 만약 당시에 높은 수준의 경쟁이 있었더라면 그 선수도 눈빛이 바뀌어서 열심히 했을 테고 천재 중에서도 가장 열심히 하는 '천재'가 경기에 나가는 순리를 자연스럽게 이해했겠죠. 그 간단한 원리를 깨닫는다면 중국만큼 잠재력이 있는 나라는 없어요……."

오노 감독은 중국 축구가 직면한 현 상황을 날카롭게 지적했다.

또 하나의 문제는 노력해도 정당하게 평가받지 못하는 경우가 많다는 것이다. 힘이 있는 인간과 연줄이 있는 선수가 특혜를 받거나 감독과 같은 지역 출신 선수만이 중용되는 점 등 인간관계가 중시되는 경향이 강하다.

2012년의 항저우뤼청에서도 그런 일이 적지 않게 일어났다. 오카다 감독이 눈살을 찌푸리면서 그 일을 말했다.

"다 함께 컵 대회 경기장에 가려고 공항에 있었는데, 사장이 '구단주가 문자로 이번 경기는 20세 이하 선수로 하라고 하시는데, 지금 선수를 바꿀 수 있어요?'라고 말하는 게 아니겠어요. 저는 '바꿀 수 있을 리가 없죠'라고 답하고 그대로 이동했더니 도착한 곳에서 구단 직원이 '지금 20세 이하 선수들이 이쪽으로 오고 있어요'라고 난감한 얼굴로 말하더군요…….

구단주의 명을 거역하면 그들은 해고당하겠죠. 직장을 잃게 되면 식구들과 길거리에 나 앉을지도 모르고요. 일본에서도 비슷한 일이 없는 건 아니지만……."

오카다는 "모두 어딘가 단념하는 부분이 있다"고 지적한다.

"우리 선수들을 봐도 '스스로 뛰어난 선수가 되겠다'는 의욕이 적어요. 시킨 것을 그냥 하는 느낌이거든요…….

제가 온 다음, 선수들이 곧잘 하는 말은 '실력이 있으면 경기에 나갈 수 있게 되었다'는 거예요. 그전에는 상하이 출신 감독이면 상하이 출신 선수가 우선되는 상황이었답니다. 우리 팀 주장 왕손이 트위터에 '오카다 감독이 와서 젊은 선수들이 부럽다. 돈을 주거나 뇌물을 안 줘도 경기에 나갈 수 있으니까'라고 써서 난리가 난 적도 있습니다. 저는 어디까지나 선수를 객관적으로 볼 뿐이지만, 선수 처지에서 보면 '어차피 열심히 연습해도 못 나간다'고 단

넘하는 부분이 있다고 봅니다.

도로를 달려보면 끼어들기나 교통위반이 정말 잦아요. 그런데도 아무도 화내지 않아요. 그게 이상해서 중국 코치에게 물어봤더니 '당연히 화는 나죠. 하지만 그런 짓을 하는 사람은 공직자나 높은 사람이 많아요. 그런 사람과 싸워도 절대로 이기지 못하고 손해를 볼 뿐이라서 그래요'라고 하더군요. 그런 체념하는 마음이 만연된 것 같아요."

이케다도 선수들을 보고 '매사에 무반응'이라는 인상을 받았다. 특히 안탈리아 합숙 때는 중국인의 기질을 어떻게 대해야 할지 고민했다고 한다.

"축구의 대원칙에는 '팀을 위해서 헌신한다'는 철칙이 있습니다. 한국인이라면 이게 당연하죠. 따르지 않는 선수가 있으면 선수들끼리 바로잡으려고 해요. 제니트에서 UEFA컵 우승 경험도 있는 김동진도 그런 선수입니다.

일본인도 그런 의식이 높지만, 다 그렇지는 않아요. 그래도 감독이 주의를 시키거나 바로잡으려고 하면 모두 이해하고 집중해서 열심히 합니다.

그런데 중국인의 경우, 지도자도 선수들도 반응이 없어요. 제가 뭘 전하려고 해도 그다지 반응하지 않고 담담해요. 훈련하는 자세에서도 스스로 과제를 찾아서 향상하려는 적극성이 보이지 않습니다. 팀이 실점할 것 같은 위험한 상황이나 몸을 던져야 하는 장면에서도 부상을 겁내는지 뛰어들지 않아요. 그런 모습을 실제로 봤습니다.

저는 마리노스에서 '꼰대 아저씨'라는 말도 듣는 사람이라서 소극적인 자세를 보면 바로 지적하는 것이 보통이었어요. 그래도 중국은 난생처음 겪는 나라이기 때문에 '그들의 처지도 이해해야겠다'고 마음 쓰이는 부분이 있었습니다. 하이난 합숙에서는 세 팀을 보는 데 바빠서 매일 트레이닝을 하는 것이 고작이었고, 안탈리아 합숙 때도 그들의 처지를 이해하지 않으려는, 소극적인 자세가 저한테 있지 않았나 싶습니다……."

중국이라는 대국의 어려움은 이케다의 예상을 훨씬 뛰어넘는 것이었다.

중국 선수에게
일갈하다

이케다 코치님은 팀 내에서 유일하게 대화를
나눌 수 있는 동료다. 의지가 많이 된다. —김동진(전 항저우 선수)

2013년 3월 10일의 리그 개막전은 장춘야타이와의 홈경기로
결정되었다. 애초에 이 경기는 어웨이로 예정되었지만, 중국 북동
부의 장춘(長春)은 아직 눈이 많아서 경기장을 쓸 수 없었다. 그래
서 장춘 측의 요청으로 경기 일주일을 앞두고 홈과 어웨이를 바꾸
기로 한 것이다.

일본에서도 3월 초의 삿포로나 야마가타는 쌓인 눈이 남아 있
어서 경기 일정을 짤 때, 이러한 기후조건과 환경이 당연히 고려
된다. 그러나 중국의 경우는 그렇지 못해서 아슬아슬한 단계가 되
어서야 홈과 어웨이를 바꾸는 사태가 생기는 것이다.

"직전까지 경기 장소가 정해지지 않는 것은 피지컬 코치로서 힘

들어요"라고 이케다도 쓴웃음을 질 수밖에 없었다.

어떤 일정에도 대응할 수 있도록 이케다는 개막까지 2주일을 효과적으로 활용했다. 선수들을 리그 기간과 똑같은 패턴으로 생활하게 해서 컨디션 관리를 철저히 시켰다.

"일요일에 경기가 있다고 치고 월요일은 회복 훈련, 화·수요일은 연습, 목요일은 쉬는 날, 금·토요일에 경기 전 컨디션 조절을 하는 일정을 짰습니다.

J리그에서는 경기 다음 날이나 다음다음 날에 쉬는 경우가 많지만, 유럽에서는 주중에 쉬는 경우가 꽤 있습니다.

제가 젊었을 때에 연구했던 이탈리아 선수들처럼 자기관리를 철저히 잘하면 경기 다음 날은 쉬는 날로 해서, 선수가 자유롭게 시간을 보내면서 회복하는 것이 최선이지만, 이를 실천할 수 있는 선수는 드뭅니다. 항저우뤼청의 선수들도 그랬어요. 경기 다음 날은 1시간 남짓 가볍게 달리거나 근육 운동을 하는 정도라도 다 함께 하는 편이 효과적이라고 생각해서 그렇게 일정을 짰지요."하고 설명했다.

2개월 이상 공들인 트레이닝이 결실을 보아서 2013시즌의 항저우뤼청은 좋은 스타트를 끊었다. 장춘에 1-1로 비겼고, 17일 두 번째 경기 광저우부리에는 3-2로 시즌 첫 승을 거두었다.

오카다도 "처음 두 경기는 정말 훌륭했다"고 잘라 말했다.

"모두 놀랄 정도로 패스를 잘해서 아주 강해졌다고 착각할 정도였어요. 물론 작년보다는 수준이 올라갔지요. 작년에는 외국인 선수 보강에 실패했지만, 올해는 앙간을 영입했고, 도중에 흐름을 바꿀 수 있는 선수인 오구로도 보강했습니다. 득점해야 하는 상황에 조커를 내보낼 수 없으면 난감하지만, 오구로라면 활용법에 따라 살릴 수 있죠. 상대가 지쳤을 때 순간의 움직임으로 흐르는 공을 노린다든가 짧은 시간에 결과를 내는 남자이니까요. 90분 동안 빌드업이나 수비에 참여하지 않아도 되니까 골을 넣는 데 전념시키려는 의도로 기용했습니다. 이런 외국인 선수의 능력이 잘 발휘되었어요.

다만, 냉정히 분석해보면 상대도 경기력이 좋아지더니 내려가서 수비벽을 만들었어요. 그러면 뚫는 것이 몹시 어렵죠. 더 수준 높은 외국인 선수가 있으면 상황을 바꿀 수 있었겠지요……."

오카다 감독이 말한 것처럼 3월 30일 3라운드 텐진테다전을 2-2 무승부로 마친 뒤부터 형세가 심상치 않았다. 4월 7일 4라운드 상하이선화전에서는 0-0 무승부로 버텼지만, 14일 5라운드 랴오닝에는 1-3 패배, 21일 6라운드 상하이신킨에 1-2로 연패하고 만다. 오카다 감독은 신킨전에서 부진한 앙간을 빼고 조커 역할을 하는 오구로를 선발로 기용했다. 오구로 선발은 앙간을 자극하고 오구라에게도 골을 기대하는 노림수였다. 그러나 오구로도 다른 선수들과 호흡이 맞지 않아서 부진했다. 결국, 오카다 감독의 의도대로 경기가 풀리지 않아서 내용도 좋지 않았다. 지휘관의 위기감은 최고조에 달했다.

이케다도 선수들의 무기력한 경기와 무책임한 태도에 결국, 감정을 폭발시키고 만다. 실수로 역습을 허용해 두 골을 먹고 상하이신킨에 1-2로 진 뒤, 라커룸에서 벌어진 일이다.

오카다도 이케다도 선수들도 형편없는 내용의 경기에 어깨를 축 늘어뜨리고 있었다. 멍하니 있는 선수도 많았다. 그래도 최대한 빨리 호텔로 돌아가서 밥을 먹이고 싶었던 이케다는 기운을 차렸다. 이날은 봄답지 않은 추위 속에서 야간경기를 했기 때문에 "빨리 스트레칭하고 돌아가자. 빨리 갈아입고 매트에 앉아"라고 선수들에게 말하며 다음 행동을 재촉했다.

그때, 중국 선수 두 명이 자기와는 상관없다는 듯이 떠들고 있는 모습이 눈에 들어왔다. 다른 선수가 스트레칭을 시작해도 그들은 모른 척, 자기들의 세계에 빠져들고 있었다.

화가 머리끝까지 난 이케다는 갑자기 일본어로 고함을 쳤다.

"너희 둘, 적당히 해! 다른 선수를 얼마나 기다리게 할 거야!"

두 사람은 조용해져서 죄송하다는 표정으로 앉아서 스트레칭을 시작했다.

나쁜 태도는 바로 고치라고 가르치는 것이 지도자다.

중국에 와서 처음 선수에게 화낸 뒤부터 이케다 안에서 무언가가 변했다.

"경기 후에 지도자가 선수들에게 하는 말은 매우 중요한 것입니다. 선수를 격려하는 감독도 있는가 하면 호통치는 감독도 있어서 방법은 사람마다 다릅니다. 말하는 방법에 따라 역효과를 불러오는 경우도 있어서 제가 하고 싶은 얘기가 있으면 늘 감독에게 허락을 받고 말하고 있습니다.

그런데 그때는 오카다 감독의 허락을 받지 않고 순간적으로 목소리를 높였어요. 1월에 합류한 뒤부터 오카다 감독이 팀을 만드는 방식에 관해 쭉 옆에서 들었고, 제가 뭘 해야 할지도 잘 알고 있었습니다. 그래서 돌출 행동이 나온 거예요.

나중에 김동진과 마조라가 '세이고 코치님, 말 잘하셨어요'라고 말해줘서 솔직히 안도했습니다. 그들도 팀 내부에서 같은 불만을 품고 있었다는 걸 알 수 있었어요."

이케다는 이날을 계기로 선수의 정신력이 어떻든지, 축구를 하는 데 기본적인 것, 꼭 필요한 것은 무슨 일이 있어도 전해야겠다는 각오를 다졌다.

상황을
바꾸기 위한 노력

누구든 이케다 코치의 지도를 열심히 따르다 보면
몸이 확실히 달라진다는 사실을 깨달을 것이다. -김동진

▌ 중국인 선수들에게 자신들의 약한 정신력을 인식시켜서 개선
하는 작업이 먼저였다. 이시자키 감독이 이끄는 18세 이하 팀이 4
월 중순부터 하순까지 저장성 대표로 전국운동대회의 1차 예선에
참가했다. 첫 경기는 신지앙(新疆) 대표에 3-1 승리, 두 번째 경기
는 지린성(吉林省) 대표에 1-2 패배. 그것도 후반 추가시간에 실점
해서 나쁜 뒷맛을 남겼다.

다가온 마지막 경기의 상대는 장쑤성(江蘇省) 대표였다. 경기장
은 항저우뤼청의 홈 구장인 황롱 경기장이어서 친숙한 곳이었다.

실력이 비교가 안 될 정도로 상대보다 뛰어난 저장성 대표 항
저우는 전반부터 일방적으로 경기를 지배했고 공을 돌리며 자유

롭게 공격했다. 프리킥으로 선제골을 넣었고 그 뒤도 계속 결정적인 기회를 만드는 등, 전반전은 전혀 상대에게 빈틈을 허용하지 않았다.

후반전에 들어서도 주도권을 계속 잡았지만, 상대의 역습 전술에 당황하기 시작했다. 그러다 예상치 못한 실점을 허용했다. 그 뒤, 골문 앞에서 잠그기에 들어간 장쑤성 대표를 일방적으로 몰아붙였다. 시간이 지남에 따라 선수들은 조급해졌고 점점 엉망이 되었다. 결국, 경기는 1-1로 끝났다. 1차 예선 3위로 2차 예선 진출이 결정된 장쑤성 대표가 우승한 것처럼 기뻐하는 모습 옆에서 저장성 대표가 망연자실한 표정으로 서 있는 모습이 인상적이었다.

저장성 팀(20세 이하)의 총책임자로서 이 경기를 보고 있던 오카다 감독은 이렇게 평했다.

"3위를 노리는 장쑤성은 전원이 수비에 집중했어요. 그것을 무너뜨릴 정도의 힘이 저장성 18세 이하 팀에는 없습니다. 이 과제는 성인팀과 마찬가지입니다. 상대가 공격을 해오면 우리 팀이 이겼겠지만, 지키는 축구를 하면 무너뜨릴 수가 없어요.

그래도 기술과 힘에서는 앞서니까 팀이 승리를 위해 단결해서 힘을 합치면 어떻게든 되겠지 했는데, 동점을 허용하자 모두 땅을 보고 운동화 끈을 묶거나 내 탓이 아니라는 태도를 보이며 온 힘을 쏟지 않았어요."

이케다도 중국인 기질에 관해서 비슷한 의견을 가지고 있다.

"중국 선수들은 곧바로 자신을 지키려고 해요. 문제가 생기면 도망가거나 자기 자신을 옹호하는 경향이 강해요.

우리 팀에서 김동진과 중앙 수비를 맡고 있는 20세 이하 팀의 시쿠도 자신에게 너무 안일해요. 그는 장래가 매우 기대되는 유망주였지만, 속근섬유 타입이라서 후반전에 지치기 쉬웠어요. 지구력과 피로회복 능력을 키울 필요가 있는데 조언해도 스스로 노력하지 않아요. '배가 아프다'고 아침 러닝에 지각하길래 처음에는 어쩔 수 없다고 생각했지만, 그것을 계속 봐주면 아무것도 바뀌지 않는다고 마음먹었어요. 그 뒤 강제로 달리게 해서 체지방률을 낮추게 했습니다. 덕분에 몸이 좋아져서 잘 뛸 수 있게 되었죠.

그는 경기에 계속 나가는 선수라서 FOR THE TEAM 정신을 주입해야 했어요. 축구는 모두 헌신해서 서로 도와줘야 성립하니까요. 자기가 열심히 뛰지 않으면 주위 선수들이 힘들어진다는 것을 시쿠가 진심으로 이해해주면 더 나은 선수가 되리라 생각했습니다.

이런 기본적인 자세를 가르치는 것은 힘이 듭니다. 저도 화내고 싶지 않아요. 하지만 중국에 온 이상, 자신의 신념과 소중히 지켜온 것을 전할 의무가 있습니다. 그것이 제 일이라고 절실히 느꼈어요."

한국팀에 있을 때도 비슷한 상황은 있었다. 부산아이파크에 부임하고 첫 합숙에서는 선수와 소통이 제대로 되지 않았다. 그래도 정열을 가지고 열심히 마주한 결과, "세이고 상"이라고 불리며 선수들과 친해져서 뭐든지 상담할 수 있는 관계를 만들었다. 그 경험을 통해 어떻게든 현 상황을 바꾸고 싶다고 이케다는 자신을 채찍질했다.

"한국에 있을 때는 통역이 매우 우수해서 소통하기 편했지만, 선수가 저한테 찾아와서 1대1로 속마음을 털어놓는 일이 종종 있었어요. 영어를 할 줄 아는 선수가 많았던 것도 도움이 되었죠.

중국인을 보고 있으면 그들은 한국인 이상으로 남 앞에서 자기 의견을 얘기하지 않고, 남에게 책임을 추궁당하면 자신을 합리화합니다. 그런 사람들이 정말로 마음을 열 때는 1대1이 되었을 때라고 생각해요. 하지만 중국에는 영어를 할 줄 아는 선수가 거의 없고, 저도 중국어를 전혀 못 해서 어려움은 있습니다. 항저우에 오고 나서 세 팀을 맡느라고 공부할 시간은 별로 없지만, 최소한의 말을 배워서 선수들과 신뢰관계를 쌓고 싶어요." 하고 이케다는 절실한 마음을 토로했다.

말이 통하지 않으면 자신의 피지컬 트레이닝이 정말로 효과가 있는지 없는지 확증을 얻기 어렵다. 오카다 감독과 김동진은 "작년과 비교하면 전혀 다르다"고 긍정적으로 말해주었지만, 가장 중요한 중국 선수가 무엇을 생각하는지 알 수 없으니 이케다가 반신반의한 것도 당연할 것이다.

"하이난 합숙부터 몇 개월 동안 일했지만, 현시점에서는 '해답 용지가 없는 문제를 풀고 있는 심정'이에요. 채점자가 없어서 자기 채점만으로 매일 훈련 메뉴를 짜는 느낌이라서요.

리그 초반 경기를 소화하고도 경기 중에 선수가 잘 움직인다든가 종반이 되어도 운동량이 떨어지지 않았다는 반응은 있었지만, 결과가 그다지 훌륭하다고는 할 수 없었어요. 특히 랴오닝과 상하이에 연패했던 시기는 그랬어요. 경기에 지게 되면 정신적인 면이 급격히 떨어지고 몸이 무거워집니다. 그게 축구 선수예요.

UEFA챔피언스리그나 최상위 수준의 유럽 리그 경기를 주 2회 페이스로 뛰는 빅클럽의 선수들이 그 정도로 잘 뛰는 것도 승리라는 결과를 항상 염두에 두고 뇌내 모르핀을 분비하기 때문입니다. 몸도 마음도 좋은 순환이 되지요. 경기에 지면, 정반대에 상황에 빠집니다. 부상자가 나오거나 벤치멤버가 불만을 터뜨리거나 해서 부정적인 요소가 점점 늘어나지요. 그렇게 되지 않도록 어떻게 팀을 관리할지 저도 오카다 감독의 생각을 따르면서 할 수 있는 일을 다 하고 싶습니다."

끊임없이 더 좋은 방법을 찾다

훈련을 마치고 난 뒤 몸만 피곤해서는 안 된다.
몸이 피곤한 만큼 머리도 피곤해야 한다.

▌ 이케다를 비롯한 코치진의 '팀의 수준을 어떻게든 높이고 싶
다'는 절실한 마음은 지휘관인 오카다도 충분히 이해하고 있었다.
그래서 그는 재빨리 싸우는 방법을 바꿨다.

4월 27일 산둥루넝전부터 점유율 축구의 이상을 일단 제쳐놓
고, 수비 중심의 속공 전술로 바꿔서 결과를 추구하기로 했다.

"올해의 팀이라면 할 수 있다고 생각하고 해왔지만, 상대가 물
러서서 수비벽을 만들면 상당히 힘듭니다. 1년 전보다 팀의 수준
이 올라갔으니 어떻게든 되지 않을까 하고 랴오닝, 상하이전까지
지켜봤어요. 하지만 수비를 단단히 하고 역습을 노리는 스타일로
가지 않으면 어찌할 도리가 없다고 느꼈습니다. 상하이전에서 그

렇게 빌드업 미스가 나오는 것을 보고 결단을 내려야 했어요.

시행착오를 반복하는 이 시기가 팀으로서는 가장 괴로운 시기다. 선수들한테서는 위기감이 별로 보이지 않았고 '올해는 아직 괜찮다'고 생각하겠지만, 저 자신은 위기감이 아주 큽니다.

제 감독 경력을 돌아봐도 항저우에서 첫 시즌만큼 승률이 저조한 적이 없었어요. 이만큼 이기지 못하는 것은 정신적으로 아주 고됩니다. 그래서 이 상황을 절대적으로 벗어나야 한다고 봅니다."

오카다 감독이 단행한 방향 전환이 주효해서 항저우는 광저우헝다와 우승을 다투는 산둥과 3-3 무승부를 거두는 데 성공했다. 그다음 5월 4일 칭다오중넝전도 양간의 한 골을 확실히 지켜서 1-0으로 쾌승했다. 상위권 팀들에게서 승점 4를 딴 것이다. 5월 12일 상하이동야전도 2-1로 승리해서 2013년 시즌 처음으로 연승했다. 이케다도 "오카다 감독이 싸우는 방법을 정리해서 선수들도 머리를 정리하고 싸울 수 있었다"고 말했지만, 팀은 최악의 상황에서 벗어났다고 할 수 있었다.

그러나 갈수록 태산이었다. 오카다 감독이 심각하게 여긴 '40도를 넘는 불볕더위'가 예상보다 빨리 찾아온 것이다.

중국 슈퍼리그는 고온다습한 여름에도 주 1경기 페이스로 진행된다. 2012년은 오카다 감독도 가혹한 기상조건을 고려해 트레이닝 강도를 높여서 선수들의 체력을 기르려고 했지만, 선수들이 훈련에 따라오지 못해서 컨디션이 급격하게 떨어졌다. 그 실패를 거울삼아 이케다의 협조로 일찍 준비에 들어갔다.

"이곳 선수들은 아직 프로 의식이 낮고 평소 컨디션 관리가 충분하지 않아서 연습량을 관리할 필요가 있습니다. 무더운 여름에 연습을 제대로 할 수 없기 때문에 일찍 준비해야 합니다. 그래서 4~5월에도 조금 강하게 훈련하면서 여름에 대비했어요. 그렇지만 그 시기에도 경기는 있었죠. 지금과 앞날 모두를 생각하면서 컨디션을 관리하는 것은 아주 어려웠어요. 그래도 초반에는 부상자가 아주 적어서 팀이 좋은 상태를 유지할 수 있었습니다. 그것도 세이고 코치 덕이라고 봐요."

여름철을 어떻게 극복할지는 성인팀에 국한된 이야기가 아니었다. 오노 감독이 이끄는 20세 이하 팀, 이시자키 감독이 이끄는 18세 이하 팀도 마찬가지였다. 전국운동대회 본선은 8월 말부터 9월 초에 걸쳐 열린다. 아직 더위가 남아 있는 시기이다. 1994년 미국 월드컵 우승팀 브라질이 더위를 극복하고 정상에 오른 것처럼 이케다도 그들을 이기게 하려면 무더위 대책을 완벽히 해둘 필요가 있었다. 일본과 한국의 경험을 떠올리면서 그는 어떤 방식이 최선일지 열심히 찾았다.

환경에 맞는 최선의 접근법을 제시하는 피지컬 코치를 오카다 감독은 자신의 오른팔로 여기며 믿음직하게 여겼다.

"세이고와는 후루카와 제프, 마리노스에서 오랫동안 함께 일했고 한국에 가서 여러 경험을 하고 나서는 '여유' 같은 것이 생겼어요. 젊었을 때는 제 훈련 방식과 이케다의 이론을 절충하는 데 애먹은 적이 있지만, 지금은 제 방식을 보고 자기 훈련 메뉴도 유연하게 바꾸기도 합니다. 마리노스 시절보다도 더 임기응변에 강해졌고 성장했구나 하고 생각하니 흐뭇합니다."

젊은 시절, 독일 유학을 했던 오카다 감독은 피지컬 코치를 두지 않고 감독이 직접 컨디션 관리를 하는 것이 일반적이라고 생각했다. 그러나 1998년 프랑스월드컵에 참가한 일본 대표팀을 이끌 때, 브라질 출신의 플라비우와 일해보니 전문가의 의견을 듣는 중요함을 뼈저리게 느꼈다. 이 경험으로 마리노스 시절에는 이케다의 조언을 자주 듣고 도움을 받았다. 이런 관계는 항저우뤼청에 와서 한층 더 가까워졌다고 한다.

"저는 옛날 사람이라 그런지 훈련을 과하게 시키는 경향이 있어요. 제 훈련 메뉴는 경기 상황을 넣는 경우가 많아서, 슈팅 훈련 때도 수비를 넣는다든지 하는 까닭에 상당히 힘들어요. 미들파워, 하이파워 종류의 훈련이 많아지죠. 집요한 성격이라 성에 차지 않게 하면 '더! 더!' 하면서 선수들을 몰아붙입니다. 그럴 때 세이고가 '훈련이 좀 세니까 약간 풀어주죠' 하고 적절히 조언해주면 수

궁해요. '지금 시기는 로우파워 쪽의 달리기가 부족하니까 조금 늘려서 지구성 능력을 키웁시다', '선수들의 머리와 몸에 자극을 주기 위해 훈련 마지막에 점프와 대쉬를 시키죠'라고 의견을 줘서 정말 큰 도움이 되고 있습니다." 하고 오카다 감독이 인정했다.

절대적인 신뢰를 보여주는 지휘관과 오노, 이시자키, 무토 등 코칭스태프에게 힘을 빌려주면서 이케다는 중국 축구에 어떤 포석을 두려고 하고 있다. 정신력의 차이와 문화, 관습, 언어의 어려움은 간단히 극복할 수 없지만, 타고난 열정과 도전 정신이 있으면 어떤 일이든 넘어설 수 있을 것이다.

"중국에는 제가 보지 못한 것이 분명히 있어요. 그것을 찾는 노력을 앞으로도 포기하지 않고 계속하고 싶습니다."

눈부실 정도로 파란 '뤼청 축구기지'의 잔디를 바라보면서 다시 마음을 다잡은 이케다는 상쾌하게 웃고 있었다.

제4장

축구 발전을 위한
생각

제가 큰 존재는 아니지만,
제가 한국에서 했던 일을 계기로
두 나라가 뭉치게 되면 서로 좋지 않겠나 생각합니다.

그 나라 선수에게 맞는 피지컬 강화

하루하루 세계적인 흐름이 달라지고 있다.
그 변화에 대한 체력적인 문제나 훈련에도 변화가 있어야 한다.

이케다가 한국 축구의 사상 첫 동메달에 일조하고 중국에서 새로운 도전을 시작한 것은 같은 일을 하는 동료나 후배들에게 큰 자극을 주고 있다. 최근 J리그에서 최고 수준의 경력을 가진 일본인 피지컬 코치가 해외에 많이 나가게 된 것도 선구자인 그의 성공이 좋은 영향을 주었기 때문이다.

이케다의 뒤를 잇는 필두는 주빌로이와타의 황금기에 공헌하고 2004년 아테네올림픽 일본팀에서 일했던 피지컬 코치 칸노 아쓰시이다. 그는 2011년, 지인인 현 대한축구협회 기술위원장 황보관이 지휘하던 FC서울에 가서 피지컬 강화를 전면적으로 맡았다. 이케다가 한국에 있을 때는 종종 만나서 술을 마시며 정보교환 했다고 한다. 그리고 2013년부터는 FC도쿄와 가와사키프론탈레, 2008년 베이징 올림픽 일본 대표팀 등에서 실적을 올렸던 야노 요시하루가 성남, 아비스파후쿠오카, 쇼난벨마레, FC도쿄에서 활약했던 도이자키 코이치가 울산현대로 각각 부임했다. 일본인 피지컬 코치가 한국에서 중용되는 이유를 오카다 감독은 이렇게 보고 있다.

"한국은 피지컬 컨디셔닝 분야가 그다지 발달하지 않았어요. 한국의 지도자는 일본의 지도자 이상으로 이 분야를 공부할 기회가 없었어요. 그래서 지식과 경험 면에서 앞선 일본인 피지컬 코치가 중용되지 않나 싶습니다. 세이고와 칸노 등이 한국에 가서 수준을 높이는 것은 아주 좋은 일이에요. 본인들에게도 좋은 경험이고, 한국 축구에도 도움이 됩니다. 피지컬 부분의 지도에 관해서는 중국은 한국보다 더 뒤처져 있어요. 중국에서 피지컬 코치라는 것을 거의 보지 못했고 공부한다는 이야기도 듣지 못했어요. 중국 슈퍼리그 팀들을 봐도 피지컬 코치는 외국인뿐이에요. 리피 감독이 지휘하는 광저우헝다도 이탈리아인이죠."

FIFA 인스트럭터로 몇 년 동안 일하고 아시아 축구에도 정통한 오노 감독은 일본인 지도자의 잠재력에 관해 언급했다.

"저는 일본축구협회에서 기술위원장을 한 뒤, FIFA 일을 했지만, 일본의 지도자는 능력이 아주 높다는 걸 자주 느꼈습니다. 유럽 지도자에게도 절대 뒤지지 않아요. 선수 출신의 지도자도 늘어나고 있고, 일본의 지도자 라이선스 취득자는 7만 명에 달합니다. S급 라이선스 취득자도 400명에 가까워요. 하지만 일본 국내에서 그들의 힘을 발휘할 곳은 한정되어 있어요. J리그 팀은 1부와 2부 합쳐도 40팀밖에 되지 않고 JFL이나 대학 축구부도 그렇게 많지 않아요.

그런 상황에서 일본인 지도자를 데려가고 싶은 나라는 아주 많아서 '일본의 지도자를 보내 달라'고 의뢰를 받는 일이 많아요. 해외 수요가 있는 거죠. 저도 협회의 국제부에 자주 이야기하지만, 일본인은 '난 외국어를 못해서……'라든가 '해외에서 환경에 적응할 수 있을지 모르겠다'며 망설이는 경향이 강합니다. 그런 허들을 넘을 수 있으면 아시아의 다른 나라에서 활약할 수 있는 인재가 더 늘어나겠죠. 그들에게도 좋은 경험이고, 그 나라의 축구도 수준이 향상되면 서로 Win Win 관계가 됩니다. 특히 아시아는 세계에서 가장 많은 인구와 잠재력이 있는 곳이니까 아시아에 주목해야 합니다.

이케다 씨는 선구자적인 존재지요. 일본에서도 여러 팀과 여러 분야에서 일했고, 브라질과 이탈리아, 한국 등 국제적인 경험도 풍부합니다.

피지컬 코치라는 일은 지식과 이론이 아니라고 생각해요. 미들

파워계의 혹독한 300m 달리기나 비탈길 대쉬를 선수에게 시키더라도 어떤 타이밍에 선수에게 시킬지가 중요하거든요. '이 코치는 나를 위해서 이 훈련을 시키는구나'라고 선수들을 이해시키지 않으면 효과를 올리기 어려워요. 노하우가 없는 코치라면 그런 조절이 잘 안 됩니다. 자기 생각을 확실히 전해서 선수들의 이해를 얻어야 하지만, 선수의 비위를 맞춰서도 안 되고 가혹한 훈련만 강요해도 자세가 흐트러질 뿐이에요. 그 부분의 적절한 판단을 할 수 있는 것이 이케다 씨의 탁월한 기술이죠. 그건 그의 경험에 바탕을 둔 특별한 노하우라고 생각해요."

그만큼 고도의 노하우를 가진 이케다는 일본의 피지컬 코치의 리더로서 환경 개선에 힘쓸 책무가 있다. 그도 강하게 자각하고 있다.

"저도 50대가 되니 젊은 피지컬 코치를 늘리고 싶어서 환경을 만드는 데 일조하고 싶은 마음이 강해지고 있습니다. 실제로 일본 축구계를 봐도 피지컬 코치를 둘러싼 문제는 산적해 있어요.

가장 큰 것이 제대로 된 교육 시스템이 없다는 거죠. 피지컬 코치 라이선스 제도도 없어요. 저는 일본축구협회 공인 A급 라이선스와 아슬레틱 트레이너 자격증을 가지고 있지만, 다른 지도자와 같은 공부만 해서는 프로팀의 피지컬 코치로서 일하는 데 필요한 전문지식과 노하우를 얻을 수 없습니다. 예를 들어 공인 C급 라이선스를 딴 뒤에는 현재 골키퍼 전문 분야에 B급, A급이 있는 것처럼 피지컬 코치 전문 분야에도 B급, A급이 있어도 좋지 않을까 싶어요. 그런 체제가 이상적인데요……. 앞으로 큰 과제라고 봅니다.

피지컬 코치가 확실히 자리 잡지 못해서 구단이 쓰다 버리는 경향도 강합니다. 그것도 마음에 걸리는 점이에요.

요즘은 J리그 구단들의 경영도 상당히 힘들어서 피지컬 코치 같은 스태프는 경시되기 쉬워요. '젊고 싸고 잘 뛰고 쓰기 편한 사람'을 찾아서 대학과 대학원을 막 졸업한 미경험자를 채용하는 경우가 많아졌어요. 그러나 그들에게는 충분한 기술이 없어서 성과를 내지 못해 바로 잘리는 경우가 자주 눈에 띕니다.

피지컬 코치 후배들이 쓰이다 버려지는 상황을 바꾸기 위해서라도 제대로 된 양성과 처우 개선이 필요해요. 저는 지금 외국에 있어서 어떤 행동을 할 수 있는 처지가 못 되지만, 적어도 할 말은 하고 싶어요. 지금은 중단된 '피지컬 코치를 위한 월례연수회나 해외연수'를 재개할 수 있도록 적극적으로 도움을 주고 싶습니다."

이케다가 피지컬 코치를 향해 매진했던 1990년 무렵에는 젊은 코치들이 월 1회 주기로 도쿄 마루노우치의 후루카와 전기공업 본사 빌딩 안의 회의실에 모여서 스포츠 과학을 공부하는 자리가 있었다. 오카다, 니시노 아키라(나고야그램퍼스 감독), 타시마 코조

(일본축구협회 부회장), 나기라 마사유키(일본축구협회 GK프로젝트 스태프), 사토우치 타케시 등의 면면이 권위자 토가리 하루히코 교수의 강의를 들었다는 것은 당시에는 획기적인 일이었다.

그 뒤, 일본축구협회의 의과학위원회에서 주도적인 역할을 맡고 있었던 토가리 교수가 같은 위원회에 속하게 된 이케다에게 "공부 모임을 발전시켜서 피지컬 코치 연수회를 하자"고 말해서 '피지컬 코치 월례연수회'가 시작되었다. 이 모임이 일본축구협회의 연간행사가 되어 예산도 할당받자 주빌로에서 일하고 있던 칸노, 가시마앤틀러스에 있던 사토우치, 도쿄도축구협회에서 파견한 키노시 등이 참석했다. 나중에 야노, 도이자키, 타니 신이치로(반포레코후 피지컬 코치) 등도 참석해서 일본 축구가 세계로 날갯짓하는 시대를 지탱하는 피지컬 코치들이 자라났다.

"그들과 해외연수도 같이 갔는데, 그런 시간이 무척 중요합니다. 다 함께 여행하면서 각 팀의 실상이나 문제점을 얘기하거나 정보를 교환하면서 서로 좋은 자극이 되었어요. 그런 교류가 있어서 서로 절차탁마하며 열심히 할 수 있었죠"라고 이케다가 그리워하며 말했듯이 이 피지컬 코치 연수회의 존재 의미는 매우 컸다.

그런데 21세기 초를 맞이할 무렵, 일본축구협회의 '의과학위원회'가 '의학위원회'로 명칭이 바뀌었다. 이를 계기로 과학연구위원회는 과학연구 그룹이 되었다가 나중에 사라지고 말았다. 동시에 피지컬 코치 위원회도 해체되었다. 이렇게 되자 피지컬 코치들이 매달 모이는 일도, 해외연수에 가는 일도 할 수 없었다. 젊은 피지컬 코치가 선배들에게 경험을 듣는 기회도 사라졌다. 이 사건이 피지컬 코치 양성에 악영향을 주었다고 이케다는 생각했다.

2008년 12월에 오카다가 두 번째로 일본 대표팀 감독으로 취임하고 나서는 피지컬 코치가 놓인 입장이 다시 바뀌었다. 당시 협회가 추진한 '피지컬 프로젝트'에서는 '트레이너가 피지컬 코치의 지식을 흡수해서 해나가는 것이 중요하다'는 의견이 나와서 그런 방향으로 기울기 시작했다고 한다. 오카다 감독은 그렇게 된 배경을 다음과 같이 말한다.

"제가 일본 대표팀을 이끌 때는 피지컬 코치를 두지 않았어요. 대신 트레이너를 맡고 있던 하야카와 나오키에게 그 일을 어느 정도 맡겼지요. 원래 오심 감독이 맡고 있을 때부터 있던 체제이고 좋은 피지컬 코치를 바로 데려올 수 있다는 보장도 없었어요. 게다가 대표팀은 상시 활동하지는 않으니까 선수의 피지컬을 단련하는 훈련은 할 수 없었어요. 지코 감독 시절에는 그런 훈련도 꽤 했다지만, 제 경우는 공을 활용한 훈련으로 컨디션을 올리는 데 중점을 둬서, 코어 트레이닝이나 로우파워를 강화하는 피지컬 트레이닝은 소속팀에서 받는 게 낫다고 생각했어요. 하야카와 트레이너에게 부탁한 것은 컨디션 관리를 하기 위한 조언자 역할이었죠."

협회와 오카다 감독의 생각에는 다소 차이가 있었던 것 같다. 그러나 결과적으로 트레이너가 피지컬 코치의 일도 함께하는 방향으로 가기 시작한 것은 사실이었다.

이케다는 이런 흐름에 의문을 품지 않을 수 없었다.

"항저우뤼청에서도 그랬지만, 트레이너는 부상 예방이나 치료를 전문적으로 하는 것이 주된 업무입니다. 피지컬 코치는 전술과 기술 지도의 지식을 가지면서, 선수의 피지컬적인 특성을 파악하고 컨디션을 끌어올리는 것이 주된 역할이라고 봐요.

많은 축구팀을 봐도 감독, 전술 코치, 분석 스카우트 코치, 골키퍼 코치 등 일의 세분화가 진행되고 있습니다. 그런 상황에서 트레이너가 피지컬 코치 일을 겸한다는 것은 몹시 어려워요. 전문적인 피지컬 코치를 키우는 편이 그 나라 축구의 성장에도 이어집니다.

저는 그렇게 생각해요. 실제로 해외에서도 피지컬 코치를 중시하는 경향이 강해지고 있습니다. 잉글랜드의 빅클럽들도 그렇고, 프랑스의 파리생제르망과 랑스에서도 '코치'라는 직함 옆에 '피지코(피지컬 코치를 줄인 말)'가 붙습니다. 한국에서도 피지컬 코치를 양성하는 프로젝트가 시작되어서 본격적으로 활동하는 방향으로 가고 있다고 합니다. 일본에는 경험 있는, 우수한 피지컬 코치가 아직 적고, 후진 양성이 잘 되고 있지 않아요. '정말 이 사람이 없으면 안 된다'는 인재가 많이 나오지 않으면 앞날을 생각해도 불안이 크죠." 하고 이케다는 현 상황을 심각하게 바라봤다.

현 상황을 개선하기 위해서도 이러한 경험을 널리 전하는 시도는 꼭 필요하다. 월례연수회나 해외연수가 어렵다면, 2년에 한 번 개최되는 풋볼컨퍼런스에 피지컬 코치 양성을 주제로 올릴 수도 있고, JFA 공인 라이센스 보수교육 연구회에서 아시아를 경험한 코치의 체험담을 말하는 자리를 만드는 방법도 있다. 일본 축구의 발전을 간절히 원한다면, 이케다와 칸노처럼 현재진행형으로 활동하는 스태프의 정보를 나누는 일은 꼭 필요하다. 일본축구협회와 J리그가 토론해서 진행해야 하지 않을까.

오노 감독도 '개인의 지식을 조직의 지식으로 바꾸는 일은 아주 중요하다'고 주장했다.

"제가 협회에서 기술위원장을 할 때는 '지식경영(knowledge management)'이라는 것을 중요시했습니다. 어떤 팀이 세계 대회에 나갈 경우, 아무것도 안 하면 그 경험은 참가한 선수와 스태프의 것에 그치지만, 그것을 널리 공유하면 나라 전체의 수준 향상이 가능하죠. 그를 위해 영상을 만들거나 분석결과를 내는 등, 여러 가지 일을 했습니다. 피지컬 분야에서도 정보공유는 중요하다고 봐요. 저는 피지컬 코치가 전문성을 가져야 한다거나 트레이너가 피지컬 코치의 노하우를 가져야 한다는 식으로 규제하는 일은 좋아하지 않아요. 모두가 각자의 영역을 존중하면서 지식을 넓히는 것이 가장 좋습니다. 세이고 씨와 오카다 감독처럼 다양한 사람의 노하우가 잘 섞이면 일본 축구는 한 단계 더 기아를 올릴 수 있어요. 그렇게 되도록 만들고 싶습니다."

항저우뤼청에서 뛰었던 오구로 마사시도 "일본인 피지컬 코치가 이렇게 얘기하기 편하고, 여러 조언을 해줄 줄은 생각 못 했어요. 세이고 코치와 함께 일하게 되어서 저도 피지컬 코치를 보는 눈이 달라졌습니다"라고 말했듯이 일본인 피지컬 코치의 세심한 접근법을 선수 쪽도 환영하고 있다. 이케다처럼 높은 평가를 받는 인재를 어떻게 키울 것인가……. 이를 진지하게 모색해야 할 시기가 온 것은 틀림없다. 그것이 언제가 될지 다시 J리그 현장에서 일할지 어떨지 현시점에서 알 수 없지만, 어쨌든 일본인 피지컬 코치의 개척자로서 리더십을 발휘할 필요가 있다.

"세이고가 다시 일본으로 돌아와 결과를 내서 피지컬 코치의 중요성을 보여줬으면 합니다. 그런 능력이 충분히 있는 남자이기 때문에 자기 실력을 최대로 발휘할 수 있는 곳을 제공해줄 수 있으면 좋겠어요"라고 오카다도 성원을 보냈다.

다만, 그 전에 해내야 할 일이 있다. 그것은 모라시 산타나와 빈 첸조 핀콜리니가 제시했던 '일본인에게 맞는 컨디션 관리 방법'이 라는 명제에 명확한 답을 내놓는 일이다.

이케다는 그 힌트가 무도(武道)에 있지 않을까 하고 생각을 발 전시켰다.

"무도는 접촉하는 운동이죠. 지점을 잡는 방법이나 막는 방법 하나로 상대를 멈추게 할 수 있어요. 골문 앞의 공방 등에서 그런 것을 살리면 어떨까 하는 생각이 들거든요. 그건 연구할 가치가 있죠. 일본인의 몸은 크지 않지만, 중심을 낮춰서 움직일 수 있습 니다. 그건 아주 유리한 점이에요. 게다가 민첩성과 신체 조정 능 력이 현저하게 높아요. 최근 몇 년 동안 유럽에서 눈부신 활약을 보여주는 카가와 신지, 나카토모 유토, 키요타케 히로시 등은 이런 특성을 아주 잘 살리고 있어요. 게다가 영리하고 빠르니 지도자들 도 중용하는 거죠.

우리가 현역이었을 때와 비교하면 공이 가벼워졌고, 스파이크 도 가벼워져서 움직이기 편해졌기 때문에 체중이 적은 선수라도 불리하지 않게 뛸 수 있게 되었어요. 그건 큰 포인트입니다. 우리 피지컬 코치도 일본인의 무기인 민첩성, 신체 조정 능력, 스피드 면에 비중을 두고 마음 써야 합니다. 장점을 극대화하는 트레이닝을 할 수 있어야 프로 피지컬 코치라고 생각해요."

이케다가 프로에 막 들어왔을 때부터 지도해서 장기적으로 성장했던 나카무라 슌스케도 극적으로 몸이 강해졌다고 알려졌다. 신인 때 그는 가냘프고 몸이 강하지 않아서 살짝 부딪혀도 넘어질 것 같은 선수였다. 그런 슌스케에 대해 급히 근력을 키우지 않고 탄력과 유연성을 떨어뜨리지 않도록 조금씩 근력을 키우도록 지도한 사람이 이케다였다. 5년 계획의 피지컬 강화는 어느 정도 성공해서 이탈리아, 스코틀랜드, 스페인에서 뛸 때의 나카무라 슌스케에게서는 약한 부분을 볼 수 없었다.

"슌스케는 이탈리아에서 세 시즌을 보냈고 마지막 시즌은 대단한 활약을 했지만, 처음 1년 동안은 공을 제대로 찰 수 없었던 것 같아요. 유럽의 그라운드는 일본과 달라서 지반이 무르고 잔디도 깊고 무거워요. 옛날처럼 디딤발을 내딛고 차는 방법이 통하지 않았어요. 그래서 본인도 개선을 거듭해서 디딤발에 힘을 주지 않고 다른 한쪽 발을 가볍게 빼서 차는 식의 킥을 익혔죠. 개인 훈련을 위해 잠깐 얼굴을 내비쳤을 때, 차는 방법이 확 바뀌어서 놀랐던 적이 있습니다. 그런 방식으로 차려면 하반신이 확실히 단련되어 있어야 하는데, 그 부분을 상당히 단련해서 다리가 두꺼워져 있었어요."

이케다는 나카무라 슌스케가 셀틱에서 뛸 때 찾아간 적이 있다.

스코틀랜드처럼 무른 그라운드에서 한 시합을 다 뛰면 다리가 팽팽해지기 때문에 그는 반드시 셀틱파크 내에 있는 실내 연습장에서 자전거 페달을 20분 정도 밟고 젖산을 제거한 뒤 집에 갔다고 한다. 순스케가 힘센 남자들과 격렬히 부딪혀도 간단히 쓰러지지 않았던 것은 이렇게 작은 노력이 쌓였기 때문이다.

"그런 순스케를 보고 역시 축구 선수의 몸은 실전에서 만들어진다는 걸 실감했어요. 기구 등을 이용해서 근육을 부분적으로 키우는 트레이닝 방법은 근육이 급격히 커져서 효과가 바로 있는 것

스코틀랜드 리그 올해의 선수상을 받았던 나카무라 순스케. 일본 대표팀에서도 정교한 킥으로 명성이 높았다.

(C) tsutomu takasu

처럼 보입니다. 하지만 이 트레이닝 방법에는 몸 전체의 균형이라는 요소가 빠져 있어서 실제 플레이에 도움이 되기는커녕 해가 되는 일도 적지 않아요. 거친 환경에서 뛰면서 몸을 만들어 가면 가

장 큰 효과를 볼 수 있습니다." 하고 이케다는 단언했다.

나카무라 슌스케의 예를 봐도 알 수 있듯이 일본인 선수가 일본인다운 특성을 무시하고 파워 쪽을 강화해도 성과가 나지 않는다. 그의 경우도 실전을 통해 민첩성과 신체 조정 능력을 키웠고, 담력도 키워나갔기 때문에 UEFA챔피언스리그 토너먼트 무대에 두 번이나 설 수 있던 것이다. 일본인에게 맞는 피지컬 강화는 어떻게 해야 할지에 대한 답은 그의 예에서 조금이나마 얻을 수 있지 않을까.

이케다는 이야기를 이어갔다.

"피지컬 면을 강화하면서 더 의식해야 할 것은 '자신만의 무기'를 만드는 것입니다. 파워도 스피드도 높이도 모두 높일 수 있으면 이상적이지만, 그걸 너무 의식하면 평균화가 될 우려가 있습니다. 그렇게 되면 프로 선수로서 매력이 사라지고 맙니다.

결국, 한발 앞서가는 사람은 무기를 가진 선수예요. 헤딩 다툼에서 절대로 지지 않는다든가, 몸싸움에 자신이 있다든가, 오버래핑 스피드와 횟수가 타의 추종을 불허한다든가 그렇게 남보다 뛰어난 장점이 있으면 아주 유리합니다. 키가 크지 않아도 헤딩을 따내는 선수도 있으니 타고난 신체능력이 전부는 아니에요. 그런 부분이 축구의 매력이며 묘미죠."

그리고 또 하나 잊지 말아야 할 것은 일본인의 정신력이다.

'마음 · 기술 · 몸'이라는 말처럼 신체적인 면과 정신적인 면은 항상 연동된다. 정신적인 면이 강하면 강한 압박에도 견딜 수 있고 신체능력을 높이는 것도 가능하다. 피지컬 코치는 이를 고려하면서 훈련 방법을 생각할 필요가 있다.

"축구는 그 나라의 문화와 민족성, 기후, 풍토 등이 나타난다고 합니다. 일본인은 인내심이 강하고 남을 위해 헌신한다는 장점이 있어요. 그래서 일체감을 만들기 쉬워요. 그런 정신력은 팀 스포츠에서 꼭 필요합니다.

오카다 감독이 남아공 월드컵에서 헌신적으로 뛰는 팀을 만들어서 원정 첫 16강을 달성한 것처럼 모두 서로 돕고 자극을 주는 환경을 만들면 지구성 능력은 확실히 향상됩니다. 런던 올림픽에서 싸웠던 한국 선수들도 그랬어요.

선수들의 의욕을 고취하는 일은 우리 피지컬 코치가 일익을 담당한다고 생각합니다. 저도 아직 부족한 부분이 있고 감성을 갈고 닦아야 합니다.

선수는 사람이니까 같은 방법을 써도 느낌, 대처법, 효과가 각각 달라요. 그것을 민감하게 알아차려서 적절한 대처를 하는 것이 우리 일입니다. 감에 맡겨야 하는 세계지요. 지금까지도 답이 없는 문제와 마주해왔고 앞으로도 계속 되풀이될 겁니다. 그래도 중국 선수들 수준을 높일 수 있다면 어떤 새로운 답이 제 나름대로 발견할 수 있지 않을까 하는 감이 옵니다. 그렇게 되도록 하루하루를 소중히 보내고 싶어요."

이케다 세이고라는 남자는 일본 축구가 아마추어에서 프로로 바뀌는 시대를 제일선에서 겪어 왔다. 일본이 월드컵이라는 세계 무대에 서기도 전에 일찍 브라질, 이탈리아라는 2대 강국에 가서 배우고, 1993년에 출범해서 오늘날에 이른 J리그를 힘껏 지탱했다. 그리고 최근에는 한국과 중국이라는 동아시아 나라들에 가서 각각의 축구 특징과 환경, 정신력의 차이를 보면서 일본 선수에게 맞는 피지컬 강화 방법을 모색하고 있다.

20년을 넘은 지도자 인생의 과정에서 정치와 문화, 국민성의 차이, 언어의 벽, 선수들과의 견해 차이라는 난관에도 직면했다. '매국노'라고 비난받으며 괴로워한 적도 있었다. 그런 사건과 마주해도 축구를 향한 열정을 절대 잃지 않고 하나의 신념을 굽히지 않고 일을 해 왔다. "일본 축구를 세계 최고로 끌어올리고 싶다"는 멈추지 않는 갈망이 그를 움직이게 한 것이다.

일본인 피지컬 코치의 선구자인 이케다 세이고의 장대한 꿈은 이제부터 본격적인 시작이다. 그 힘차고 다부진 걸음은 앞으로도 계속된다.

● 참고문헌 ●

− 풋볼 서미트 제10회
− TokyoWalker J리그 별책 94년 여름호
− J리그 공식 기록집 2013-J.LEAGUE YEARBOOK 2013
− 홍명보
− FIFA.COM
− J리그 공식 사이트

이 책에 등장하는 인물의 소속은 2014년 5월 시점 기준입니다.

축구계에 뿌리내린
한일 관계

▌ 2013년 6월 한국은 이란, 우즈베키스탄과 치열한 생존 경쟁을 거쳐 아시아 최종예선 A조 2위로 어렵사리 통과했다. 그리고 2014년 브라질 월드컵 출전권을 손에 넣었다. 한국 대표팀의 사령탑으로 한국 축구계의 영웅 홍명보가 때를 만나 취임하게 되었다.

2010년 남아공 월드컵에서 일본과 같은 16강을 달성한 뒤, 조광래, 최강희라는 두 감독이 이끈 한국 대표팀이었지만, 팀은 순조로운 항해를 하지 못했다. 조광래 감독 때는 2011년 아시안컵 3위에 그쳤고 브라질 월드컵 3차 예선에서도 원정에서 레바논에 지는 등 흔들렸다. 2012년부터 뒤를 이어 지휘봉을 잡은 최강희 감독도 최종예선에서는 고전했다. 2013년 6월 18일 홈경기 이란전에서 졌지만, 우즈베키스탄에 골 득실에서 앞서서 가까스로 8회 연속 월드컵에 진출하는 우여곡절이 이어졌다.

홍명보 감독은 "지금부터 대한민국 축구는 변화와 혁신으로 제2의 도약기를 맞이할 것입니다. 그것을 위해 제가 가진 모든 것을 쏟아 붓겠습니다"라고 밝히며 1년 후로 다가온 브라질 월드컵을 향한 팀 재건의 의지를 피력했다.

"대표팀에 여러 문제가 있다는 것은 들었어요. 선수들이 대표의 책임, 의무, 나라를 대표한다는 자부심을 가져야 한다고 생각합니다. 플레이하는 방식도 고쳐야 합니다. 젊은 세대를 중심으로 힘이 있는 팀을 만들고 싶습니다"라고 홍명보 감독은 자신이 오랫동안 보아온 런던 올림픽 세대를 축으로 새롭게 팀을 개편했다.

그리고 홍명보 감독이 먼저 시작한 일은 올림픽팀을 이끌었던 스태프들을 다시 모으는 일이었다. 감독 취임 발표로부터 일주일도 지나지 않아서 그는 중국 항저우로 가서 항저우뤼청에서 일하고 있는 이케다 세이고 코치와 오카다 타케시 감독을 만났다. 바로 한국 대표팀 피지컬 코치로 와달라고 요청한 것이다.

"오카다 감독과는 전부터 알고 지내서 제가 한국 대표팀 감독을 맡기로 하기 전부터 '세이고 코치도 있으니 광저우뤼청에 가서 찾아뵙겠다'라고 얘기했어요. 실제로 이렇게 한국 대표팀을 맡게 되고 나서야 가게 되었지만, 두 사람과의 약속을 지킬 수 있어서 잘됐다고 생각해요. 셋이서 좋은 시간을 보냈습니다.

세이고 코치는 항저우와 계약된 상태라서 100%의 상태로 한국 대표팀 일을 할 수가 없었어요. 잠시 동안 파트타임으로 일했지요. 각자의 팀이 세이고 코치가 없어서 곤란한 상황이 되지 않도록 배려할 필요가 있었고, 늘 소통해야 한다고 생각했습니다.

그런 상황이었지만, 제가 감독을 하는 데 세이고 코치는 하나의 중요한 축입니다. 올림픽 대표팀 때도 그랬지만, 우리 팀의 정보와 데이터를 모두 가지고 있었고, 주요 선수의 성장 과정을 파악하고 있습니다. 선수 한 사람 한 사람의 컨디션 관리법도 완벽하게 알고 있어요. 세이고 코치 없이 팀을 만드는 건 불가능하다고 생각합니다."

일국의 대표팀 감독에게 그 정도로 강렬한 제안을 받은 이케다 역시 마음이 움직이지 않을 리가 없었다. 항저우뤼청과 맺은 계약도 있어서 자유롭게 왕래는 못 했지만, 오카다의 배려로 중요할 때는 함께할 수 있었다.

그러나 이케다의 마음속에서는 20세 이하 팀이나 올림픽 대표팀 때는 느끼지 못했던 압박이 있었다고 한다.

"국가대표팀의 제안을 받았을 때는 정말 고마웠습니다. 다만 한편으로 런던 올림픽을 둘러싼 일련의 사건을 통해서 한일 관계는 제가 생각하는 것 이상으로 복잡하다는 것을 통감했어요. 그 일이 새삼 뇌리에 스친 것 또한 사실입니다.

2009년에 홍 감독한테서 20세 이하 한국 대표팀 일을 제안받았을 때, 오카다, 오구라 준지(일본축구협회 전 회장), 카와모토 오사무 등 지금까지 신세를 졌던 분들과 상담했어요. 모두 '세이고에게 좋은 기회이고 한일 양국 축구 사이의 다리도 될 수 있어. 아주 좋은 일이야'라고 쌍수를 들고 찬성했고, 등을 밀어주셨어요. 제가 두 나라의 역사는 바꿀 수 없지만, 축구를 통해서 그 간격을 조금이라도 줄일 수 있으면 좋겠다고 생각했습니다. 실제로 취임하고 나서는 '지금 일본 축구계에서 내가 선두에 서 있다'고 생각하면서 소중한 나날을 보냈어요. 한국에서 일하는 동안은 늘 그런 마음을 잊지 않을 겁니다.

하지만 올림픽 때 한일 양국의 가혹한 현실을 볼 수밖에 없었어요. 저를 언짢게 생각하는 사람이 적지 않다는 것도 알게 되었습니다. 예기치 않은 일이 연이어 일어나서 제가 한 말이 얼마나 많은 사람에게 영향을 미치는지 실감했어요. 이번에 A대표팀의 제안을 받았을 때는 어떤 일이 있어도 내 소신을 지킬 수 있을까 하는 고민 때문에 즉답은 못 했어요.

그래도 한국 대표팀 일을 맡을 결심을 한 이유는 두 가지예요. 하나는 제 운명이고 의무라고 생각했다는 점, 젊은 세대에게 한일 관계를 조금이나마 가깝게 만들고 싶다. 그런 역할을 제가 짊어졌다고 생각했어요.

다른 하나는 홍명보라는 매력적인 인간과 함께 목표를 달성하고 싶은 강한 마음입니다.

'팀보다 위대한 선수는 없다.'

그의 팀 철학에 저는 진심으로 공감합니다. 이 철학을 지키면서 '한일 두 나라가 절차탁마해서 세계무대에서 아시아의 수준을 끌어올린다.' 그런 비전을 가진 그를 제가 최대한 도울 수 있으면 기쁘겠다는 게 솔직한 느낌이었어요.

선수에게는 자주 '압박을 즐겨라'라고 말하지만, 저 자신이 중압감을 즐길 정도로 그릇이 크지 않으면 안 되죠. 그런 의미에서도 이번 도전은 과거에 없던 큰 허들이라고 봅니다"라며 그는 자신의 마음을 다잡았다.

2014년 월드컵 개최지 브라질은 이케다에게 잊을 수 없는, 각별한 곳이다. 1994년 미국 월드컵에서 정상에 오른 축구 왕국과 대동한 그는 컨디션 관리의 세세한 부분을 배웠다.

브라질은 피지컬 코치 이케다 세이고의 '원점'이라고 할 수 있는 나라인 것이다.

"모라시 산타나에게 브라질 대표팀과 대동하라는 제안을 받고 여러 관계자와 상담했을 때, 당시 일본은 월드컵 경험이 없는 나라라서 '수준이 다른 팀을 봐봤자 장래에 도움이 안 될 거야. 아무 생각 없이 가는 거라면 가지 마'라며 부정적으로 말하는 사람도 없지는 않았어요. 그 말을 듣고 '이 경험을 꼭 장래에 살리겠다!' 고 의욕을 불살랐던 일은 지금도 선명하게 기억합니다.

큰 뜻을 품고 간 미국 월드컵에서 브라질 대표팀의 일거수일투족을 보고 '언젠가 나도 대표팀 스태프로 월드컵을 경험하고 싶다'는 마음도 끓어올랐습니다. 축구 지도자에게 월드컵은 큰 꿈이죠. 그것이 현실이 된 것은 확실히 운명일지도 모르겠습니다. 그런 기회를 준 홍 감독과 대한축구협회 그리고 오카다 감독에게 감사합니다."

월드컵 4강 경험자인 홍명보는 이 대회에서 살아남는 방법을 알고 있다. 그러나 브라질이라는 나라 자체를 잘 알고 있는 것은 아니다.

"선수 시절에 훈련하러 한 번 간 게 다예요. 그래서 브라질을 잘 아는 세이고 코치의 존재는 큽니다"라고 그는 말한다.

"브라질 대표팀에 대동하기 전에 상파울루FC에 유학했는데, 트레이닝을 보거나 페르남부쿠 주의 헤시피와 미나스제라이스 주의 벨루오리존치에서 하는 연습경기에도 따라갈 기회가 있었어요. 브라질이라는 거대한 나라는 이동하는 것만으로도 힘들고 기후와 환경 변화도 심합니다. 솔직히 강인한 선수가 아니면 싸울 수 없다고 느꼈어요. 브라질 월드컵에서는 현지 적응력과 정신력을 감안해서 선수 인선에 임해야 합니다. 그런 조언을 홍 감독에게 할 수 있어요"라고 이케다는 긍정적으로 말했다.

12월 조 추첨식이 끝나고 베이스캠프의 선정, 강화 계획의 입안, 결정, 대회 직전 캠프 운영, 대회 기간의 컨디션 관리 등, 이케다가 생각해야 할 것은 산더미처럼 많다. 홍명보 감독도 강한 인연으로 맺어진 믿음직한 피지컬 코치의 힘을 빌리면서 강한 한국 팀 부활을 목표로 하고 있다고 한다.

"세이고 코치의 1994년 미국 월드컵 경험과 제가 월드컵에서 뛰었던 경험을 합쳐서 좋은 경기를 하고 싶습니다. 세이고 코치에게는 '브라질에서 좋은 추억을 만듭시다'라고 말했어요." 하고 홍명보 감독은 기분 좋게 웃는 얼굴을 보였다.

잠시 항저우뤼청과 한국 대표팀 모두를 맡았던 이케다는 지금까지 이상으로 바쁘고 빡빡한 나날을 보내게 된다. 그 밀도가 높은 경험을 언젠가 모국 일본에 환원하고 싶다는 마음은 강해질 따름이었다.

"제가 이렇게 외국 대표팀과 클럽에서 일했던 경험이 일본의 다음 세대에게 도움이 되면 더 기쁜 일이 없을 거예요. 저도 50대가 되었으니 저 혼자만 생각하면 되는 나이가 아닙니다. 그래서 새로운 도전이 미래의 일본 축구에 큰 도움이 되도록 노력하겠습니다."

아시아 전체 축구가 눈부신 성장을 거두고, 그 아시아를 선도하는 나라가 세계 강호와 어깨를 나란히 할 날이 오는 것을 그리면서 이케다는 눈앞의 허들을 하나하나 넘고 있다. 그 착실한 걸음이 희망찬 미래로 반드시 이어질 것이다……

일본인 피지컬 코치가 한국축구에 준 변화

이케다 효과

펴낸날 | 초판 1쇄 2014년 6월 1일

지은이 | 모토카와 에쓰코
옮긴이 | 김연한
펴낸이 | 김연한
펴낸곳 | GRI.JOA^{FC}(그리조아FC) ※GRIJOA FC는 GRIJOA의 축구책 전문 브랜드입니다.

엮은이 | 편집부
디자인 | design Vita 김지선, 이영해
사진 | 연합뉴스, 로쿠카와 노리오, 모토카와 에쓰코
주소 | 인천시 계양구 형제봉길1 계양센트레빌 304-603
전화 | 032-545-9844
팩스 | 070-8824-9844
이메일 | yonichi@gmail.com
웹사이트 | www.grijoa.com
페이스북 | www.facebook.com/soccerjoa
출판등록 | 2013년 9월 4일 제 25100-2012-000005호

한국어판 ⓒ 그리조아FC, 2014, Printed in Korea.
ISBN 979-11-951144-5-0

이 책의 국립중앙도서관 출판시도서목록(CIP)은 서지정보유통지원시스템 홈페이지(http://seoji.nl.go.kr)와
국가자료공동목록시스템(http://www.nl.go.kr/kolisnet)에서 이용하실 수 있습니다. (CIP제어번호 : CIP2014012029).